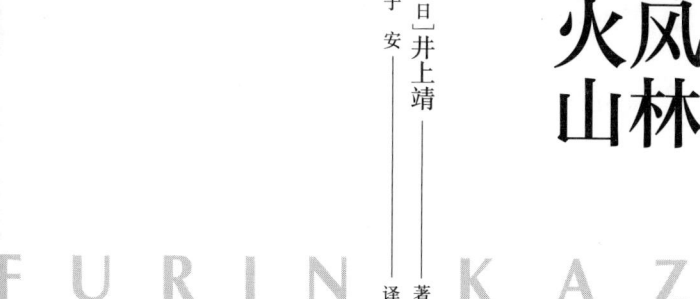

风林火山

[日]井上靖 著
子安 译

FURIN KAZAN

重庆出版集团
重庆出版社

FURIN KAZAN
by INOUE Yasushi
Copyright © 1953 by The Heirs of INOUE Yasushi
All rights reserved.
Originally published in Japan.
Chinese (in simplified character only) translation rights arranged with
by The Heirs of INOUE Yasushi , Japan
through THE SAKAI AGENCY and Beijing Kareka Consultation Center, Beijing.
Simplified Chinese translation copyright©2020 by Chongqing Publishing House Co.,Ltd.
All rights reserved.

版贸核渝字（2019）第148号

图书在版编目（CIP）数据

风林火山／（日）井上靖著；子安译．—重庆：重庆出版社，2020.1
ISBN 978-7-229-14415-9

Ⅰ.①风… Ⅱ.①井… ②子… Ⅲ.长篇小说－日本－现代 Ⅳ.① I313.45

中国版本图书馆CIP数据核字（2019）第204425号

风林火山
FENGLIN HUOSHAN

[日]井上靖 著 子安 译
责任编辑：邹 禾 魏 雯
装帧设计：谢颖工作室
责任校对：刘小燕

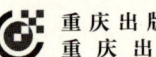
重庆出版集团 出版
重庆出版社

重庆市南岸区南滨路162号1幢 邮政编码：400061 http://www.cqph.com
重庆出版社艺术设计有限公司 制版
成都国图广告印务有限公司 印刷
重庆出版集团图书发行有限公司 发行
E-mail:fxchu@cqph.com 邮购电话：023-61520646
全国新华书店经销

开本：890mm×1230mm 1/32 印张：10 字数：165千
2020年1月第1版 2020年1月第1次印刷
ISBN 978-7-229-14415-9
定价：69.80元

如有印装问题，请向本集团图书发行有限公司调换：023-61520678

版权所有　侵权必究

目录 / Contents

001	第一章
018	第二章
039	第三章
059	第四章
077	第五章
116	第六章
139	第七章
160	第八章
183	第九章
212	第十章
231	第十一章
254	第十二章
275	第十三章
295	译后记
300	附录　井上靖年谱

第一章

青木大膳是一位三十岁上下的浪人，流落到今川义元的居城①骏府城已近一年。他曾是北条家臣，由于品行不检犯下大错，因而失去了主君。除此之外，无人更多地知道他的情况。

今川家的家臣们倘使于路上遇见青木大膳，大都会敬而远之。此人的面容姿态总是流露出一种无法形容的令人生厌之处。他脸色青白，眉间有伤，嘴唇薄，个子高，走路时左肩微微突起。虽说五官还算端正，然而其身姿却隐约透出一种残忍的意味。

他剑术十分厉害。没人能够说出他所学为何种流派，只知道他的太刀②带着一股能将对手一击致命的杀气，并且出刀迅速。

① 居城：日本战国时代大名居住的城池。
② 太刀：日本刀的一种。日本战国时代为主要使用刀具，刀铭刻于茎的左边，佩带之时刀铭向外，刀刃向下。与此相对，刀铭刻于茎的左边，佩带时刀铭向外而刀刃朝上的刀，则被称为"打刀"。

今年春天，城内的广场上举行过一次剑术比赛，允许浪人们参加。那时的大膳展现了超群的剑术，无人能居他之上。十余名自命剑术高明的武士，全部被他一下击倒。每人均是被木刀从下往上突刺胸部，仰天倒地，一人吐血，其余各人或轻或重受了伤。从此，浪人青木大膳的名声便传开了。然而尽管如此，他还是没能在今川家仕官。纵使他有着犀利的剑术，却依然得不到信任，受到人们的疏远。

这一天，青木大膳从坐落在屋形町①的那间他作为食客居住的武家屋敷②中走出来。他刚要出门，仆人过来向他说了几句话，他如同平时那样没有作声。仆人告诉他这家宅子的主人回来了，也不知他听到与否，总之他便转身忿忿地迈着步子慢慢悠悠踱向后院的木门。从他的行为看来，也许他是听到了仆人的话语，故意避免与宅子主人碰面吧。

约莫半刻③之后，他出现在安倍川河畔，迈着同样的步子从河岸的急转弯处走下河堤，经过两三户农家的背后，踱进竹丛旁边的一栋破落寺庙。

---

① 町：村镇，街区。这里指叫作"屋形町"的街区。
② 武家屋敷：日本战国时代武士居住的宅子，一般在城池外的镇子（城下町）上。
③ 刻：日本古代计时单位，相当于我国的"时辰"。一刻大约相当于如今的两小时。文中的"半刻"大约相当于现在的一小时。

"有人吗?"

大膳在寺院正门铺着木板的门廊处低声询问,无人回应,他便径直打开木门转入狭窄的中庭。庭院中生着一些低矮杂乱、不成气候的树木,地面遍布乱石。

"有人吗?"他又喊了一声。他察觉到屋内似乎有动静,于是便一屁股坐在了走廊上。

"谁啊?"一个略显沙哑的声音响起。

"我是青木大膳。"他傲慢地回答。屋子里没有回应。

"我是青木大膳!"

他重复了一遍,眼睛仍然盯着庭院中那些杂树丛,照耀其上的阳光近两三日来渐带丝丝凉意。

这时,他的旁边"当"地响了一声。一枚小判[1]落在他身旁的走廊上。他拿起小判,瞟了一眼:正面有蓙目状铸纹,下边是桐叶形极印[2],背面刻有"骏河"二字。

"只有一枚么?"

青木大膳鼻子发出冷笑。"你这个骗人精!"他厌恶地说道。"四处游习修行的武士听到你的吹嘘都会吃惊不小吧。

---

[1] 小判:日本古代的一种货币,一枚约重一两。
[2] 极印:日本战国时代以及江户时代,为了防止伪造和偷盗并证明其品质,在货物或者金银币上压上的文字或者印形。

竟然说什么游历了日本各州，了解各国①的风俗，研究调查各地要冲的地图，还通晓各地地理呢！"

说完之后，大膳不住冷笑，笑声比说话声还要低沉，那是情不自禁地充满了轻蔑和厌恶之心的笑。他平素并不多话，沉默寡言，但这时却一个人滔滔不绝。

"你这骗子！不是自称精通兵法，熟知攻城略地的用兵奥妙，而且还是什么行流②剑术的高手吗？我倒是真想看看你这行流的武艺啊，要比画的话，我青木大膳可愿意随时奉陪！"

屋里依然没有任何反应。他似乎有些发恼，喝道：

"再拿一枚给我！虽说你我同是浪人之身，但你这家伙很会骗人，一定大大比我有钱。再拿一枚给我！"

话音刚落，又一枚小判掉落在走廊上，发出轻响。或许是从拉门的缝隙扔出来的吧。

"那么我便收下了。至于你这个骗子的画皮，我十天之后再来揭穿。"青木大膳一边站起身来，一边道，"今天我可

---

① 国：日本古代的行政单位之一，从大化改新（公元645年）时设立郡制开始启用，全日本共分六十六国，自明治维新（公元1868年）之后取消，改为郡县制。文中的甲斐、骏河、远江、三河、信浓、越后、尾张、和泉、安艺等等，都是这样的"国"一级行政单位，称为分国。

② 行流：日本剑术流派的一种。日本武术派别通常以某某流命名，如后文的新当流亦是。在日本，日本刀又称为剑，因此剑术即是使用日本刀的技巧。

有要事呢。晚上我要同甲斐武田家的重臣商量投身报效武田家一事。对于这个骏府城，我已经厌倦了。"

说完这话，青木大膳便要离开。正行得两三步，沙哑的声音再度响起：

"等一等！"

"什么事？"

"你刚才说的武田家重臣，是谁呀？"

"看来你也挺关心这件事嘛。他是侍大将①板垣某某，名字我还不知道。"

这句话之后，两人短暂的沉默。

"你以为那么容易就可以仕官吗？"沙哑的声音开口。

"那不知道了，总得试试看再说吧。"

青木大膳又往前走了两三步，这时拉门被拉开，膝行蹭出来的是一个身形瘦小，从容貌到身材全都异于常人的人。

"还有事吗？"青木大膳回头问道。

"我教给你一个办法吧——听好了，如果说是叫板垣的话，那么一定就是板垣信方。板垣家世世代代为武田家的族臣。而今，武田家的两位举足轻重的人物，便是甘利虎泰与这位板垣信方了，他们可不是轻易就能让浪人随随便便仕官

---

① 侍大将：日本室町时代至战国时代，率领部队的将官的官职，也指其地位。

的人。想要仕官成功，眼前只有一个法子。听好了：你，去拦路袭击那个板垣信方吧！"

"拦路袭击?！那是为何！"

"告诉你吧。你先去袭击他，在危急之时，我再去将他救下来。"

青木大膳一时没有弄清对方话语中的意图，只听这个小身材的男子继续说道：

"这样做的话，在下跟板垣信方之间，就会建立起非比寻常的关系。对一个人来说，救命之恩可是莫大的恩情。在下也是很想出仕武田家的，在下在武田家受到赏识之时，一定会举荐你！"

"演一出戏吗?"青木大膳往地上吐了一口唾沫，便直直地盯住对方。

"嗯，除此之外，的确没有更好的仕官之法了。"

"你这个骗子！"

"不愿意干的话，你就走吧。"

青木大膳好像考虑了一下，然后回到了走廊前。"终于露出本性了呀，你这阴阳眼！"

端坐在走廊上的那人眼睛果然如此，一目浑浊，一目明亮，两眼差别显著，无法判断他的目光注视何处。

青木大膳回到走廊之时，走廊上那人用缺了中指的右手撑着地面欠起身，站了起来，旋即走入屋内。他个子矮小，充其量身高也不过五尺。

青木大膳旁若无人地大笑起来，然而走入屋子的男人并没有笑，他在约略有些昏暗的屋子里，面朝庭院中的红色菊花。大膳无法判断他是在盯着什么地方。

"袭击他，却不能让他受伤，这有点难办啊。对于我青木大膳来说，这样的事可是头一回呢。"大膳说道，但屋子里面的人却如先前那般，并不答话。

"到底要怎么干？不说点什么吗，山本勘助！"大膳发急，忽然激动地大声喝叫，苍白的脸倏地抽紧。

"稍微伤到一点也没关系，但不能把他杀了。那样的话可就鸡飞蛋打了。"

冷静而沙哑的声音从屋子里传出来。

青木大膳厌恶山本勘助。约莫半年之前，大膳第一次遇见这个人的时候，便从心底厌恶他。或许是两人性情不合吧，总之大膳一听到此人的声音便想苛责他、辱骂他、作践他，直到他大气也不敢出才好。缘此，大膳来到山本勘助家中，厚着脸皮要一点钱只不过顺便为之，其实更是好生将他羞辱一番。

浪人山本勘助之名,在今川家的领地骏远三①一带还是广为流传的。他本是参州②牛洼的浪人,于九年前来到骏府城。这九年以来,他曾数次申请在今川家仕官,却不知为何直到如今也未得到任用,眼下蒙今川家家老③庵原忠胤庇荫,吃着闲饭。忠胤常年照顾勘助,不使他米盐之资或缺,外面流传说这都是因为勘助与忠胤有着亲戚关系。若非如此,既然不能投身报效于今川家,也就是说此人没有什么才干,作为家老的忠胤又何必善待于他呢?

据说,勘助的剑术乃是行流一派,今川的家臣无人能挡。不过,谁都没有亲眼见过他手执刀剑,更没人听说他上过战场、杀过敌人。恐怕他身负"行流"之技的传言,大部分是由他那副大大异于常人的尊容引起的吧——身高充其量不过五尺,肤色黝黑,一目明亮、一目浑浊,不仅跛脚,右手还缺了中指,年龄也已近五十。

他从住处出来,到城下走动走动的次数,一年到头也是屈指可数的。每当他路过人们身边时,小孩子们或许会回过头来看看,而成年人则见惯不惊了。他那可怕的面容姿态,让人觉得望而生畏却又悲悯可怜。虽说小孩们会好奇地看看

---

① 骏远三:指骏河、远江、三河,目前这三国均为今川家领地。
② 参州:三河国的别称。
③ 家老:作为武家的重臣辅助家主处理政事的人,也指其职位。

他，然则由于害怕，却也不愿跟在他后面走上半步。

传说他自二十岁起便周游全国各地，长于军旅之事，通晓古今兵法，乃是攻城略地的行家里手。然而尽管如此，他却终究无法在今川家中仕官，九年以来一直是浪人之身。莫如说正是这样的经历，反而让他的声名愈高。一般的传闻是这样的：今川家主公（义元）的侧近中，有人嫉妒他的智慧、经验与才华，由于这等人的弄权，他才被今川家屡屡拒之门外。近年来甚至有人猜测，妨碍勘助仕官之途者，或许正是他的庇护者庵原忠胤本人。

但不管怎么说，今川家的家臣中，悄悄来到山本勘助家里拜访的人却为数不少。据说一到晚上，他的住所简直就好似一座私学馆一般。

唯独青木大膳一人，对于所有关于山本勘助的传言是丝毫不信。"可恶的骗子！"大膳一直这样认为。倒不是说他是因为分析了关于勘助的种种传言而得出这样的结论，他之所以不相信勘助，大抵是依靠自己的直觉吧。他无论如何也想象不出勘助手执刀剑的样子，若要勉强想象的话，那姿态一定丝毫也谈不上飒爽二字，更多的是给人一种颇为怪异的感觉才对！

青木大膳与山本勘助的初遇，是在大约半年前。从他第一眼看到勘助的瞬间起，便认定这个人不可信任。"会用剑的人，怎么可能是这副样子！"他这样想。他很想跟勘助比一次剑，以此揭开这个骗子的画皮，但无论他怎么要求，勘助却概不应允，总是想出这样那样的理由来推托。

大膳每每心血来潮，便去山本勘助的家里谩骂一番，对此勘助总是默然处之。向勘助发泄自己对他的轻蔑和厌恶之情，对于青木大膳而言，似乎成了他贫穷乏味的浪人生活中的唯一乐趣。关于兵法的运用以及诸国的状况，大膳自己也是一无所知的，因此不能从这些方面作出判断，不过他认为这与剑术方面的情况应该一致。手中尚无一兵一卒，还谈什么攻城略地呢！说是周游了日本全土，这也非常可疑。大膳曾经向勘助询问自己的出生地小田原附近的风土人情，勘助依旧闭口不发一言。这只能认为勘助对此根本全然不知了。

今天，勘助竟然意外地向他显现出了骗子的本性，对此大膳很是满足，就连行走在安倍川河堤上的脚步都比平素轻快了许多。拦路袭击板垣信方之事，就算只是演一场戏，却也能够使他长久以来的无聊憋闷得以排遣。勘助这个骗子！纵使他能够欺骗世上的每一个人，也欺骗不了我青木大膳啊！

大膳脚下道路的一侧是安倍川的河滩，另一侧格外低洼，一片久已无人耕种的荒芜田地向远处延展开去。"看来今年的稻谷也不会有收成啊！"想到这里，大膳的心情急速地黯淡下去。说到稻谷，问题可就迫切起来。只要没有稻谷收成，每年就会有不少百姓抛弃土地，流离失所，如此一来耕种田地的人就愈加稀少。本月上旬连着下了十天暴雨，京都以东到处都遭受了重大水灾。仅仅在这一带，被安倍川河水泛滥冲走的人家就不计其数。田园被冲毁，牛马牲畜也被冲到大海里去了。去年，也就是天文九年①，春天来了一场暴风雨，比现下稍晚一些的初秋时候又是一场暴风雨。年年都有倒霉的事情接二连三地发生。

要去甲斐仕官吗……甲斐那地方或许会差强人意。要说跟山本勘助共事么也不是什么令人高兴的事情，不过就算是跟那样一个瘸子做伴，也比单身一人去往完全陌生的他乡多多少少会胆壮几分吧。

只是，那家伙还真是令人讨厌啊！青木大膳猛然停下脚步。无论如何都很讨厌！大膳这样想道。虽说大膳自己同样是一个不受欢迎的男人，但他却无法抑止对山本勘助的厌恶之情。在他年幼之时，曾在地瓜田里用石头把青虫子砸死，并且在地面上碾来碾去，似乎不这样做他心里就不会痛快。此刻他对这位远近闻名的浪人山本勘助，所持的便是如此心情。

---

① 天文九年：公元1540年。此处的"大文"是日本后奈良天皇年号。

此时方值八月之初，虽然并无一丝微风，但夜里已经有些凉气袭人，正是秋意渐浓之时。

在距今川家的居馆不远处，环绕坐落着武士们的宅所，经过这里便到了一个缓坡，与商贩平民们集中的下町①相连接。这条坡道白天人来人往，从日落起便没有路人通行，只是偶尔会有成群结队的夜盗从这里匆忙穿过。街道两旁的店铺也紧紧关上了大门。

青木大膳在这个缓坡路旁的大朴树下，已经站立了约莫小半刻时分，他正等候着将要从此地路过的武田家重臣板垣信方。约莫四五年前，甲斐武田家的前家督武田信虎被其子信玄②流放，寄身于今川家。今天，板垣信方来到城中向信虎问候起居，到了晚上，他还得回到伴随信虎一同来到这里的东云半二郎的住处。青木大膳便是打算在信方回去的路途中截袭他。

大膳今日并未与山本勘助会面，不过，事先商定的行事地点确凿无疑便是缓坡旁的这株朴树之下。当板垣信方的身

---

① 下町：在市镇的地区中较为低洼的部分，多为工商业者居住。与武士居住的地区区隔开来。

② 信玄：武田信玄，日本战国时代名将，号称"甲斐之虎"。本名晴信，信玄是他出家之后的法名。文中此时晴信尚未出家改名，但"信玄"二字原文如此，疑为笔误。

影出现之时，大膳便要从这树后冷不防地跳出来，拔刀就砍。若有人与信方同行，无论是两人还是三人，将之斩杀于路旁便是。此时，山本勘助便要出场。两人交手二三回合后，大膳见机跳入路旁的树林之中，如此就好。事情到此就算完结。

青木大膳环视周围的黑暗之处。虽说是黑暗，却并非完全漆黑一片，其中隐约有稀薄微弱的光线明灭飘忽着。在如此黑暗中的不远之处，那小个子的阴阳眼一定也注视着这地方吧。

大膳终于忍耐不住这长时间的悄无声息。

"喂，瘸子！勘助！"

他试着低声呼唤，然而侧耳细听之下，对方对此毫无应答。大膳不快地"喊"了一声，伏下身去。

又过了半刻左右，周围的黑暗不知何时已经让他按捺不住心中凶暴的杀戮欲望。盗贼也好，野狗也好，若是来到，立刻便悉数斩于剑下！

方在此刻，大膳突然听到有脚步声从缓坡之上逐渐传来，愈行愈近，数目不止一人。待那一行人行得近时，大膳看清对方共有三人之数。

大膳立于原地不动，待那三人经过之际，冷不防大喝一声：

"佐伯主水!"

不用说,这名字只是他不假思索,信口喊来。

前行的一行三人齐齐停下脚步。

"我们可不是您说的叫作佐伯什么的人,您认错人了吧。"其中一人说道。

"别想说谎蒙混过去,骗不了我的!我特意来到这里,便是为了取你性命!"

"我为何要说谎!"对方说道。话音未落,忽见大膳猛然拔出太刀,对方急忙闪身后退。这时,另一个沉稳的声音响起:

"且慢!认错了人可就麻烦之至!在下乃是甲斐武田家家臣,名叫板垣。"

板垣到底是来了。大膳这样想着,一边暴喝道:"无论你是板垣还是什么,只管拿命来!"

"盗贼吗!"随着这一声喊叫,对方也拔出刀来。

此时,在青木大膳眼前摆好架势的太刀一共两把,在这执刀二人之后,那沉稳的声音再度说道:"多加小心,切勿受伤!把他赶走即可!"

大膳已看出持刀与自己对峙的这二人并非板垣,于是突然纵身而起,高举太刀,从其中一人肩头力劈下去,只听一声惨呼,对手顿时倒地。大膳略作后退,避开另一人刀锋,再度踏上之时，太刀急速斩向此人小腿，又是一声惨呼响起。

电光石火之间，两名随从已被大膳斩翻，板垣只得拔刀迎战。二人交手方才两三回合，大膳便听到对方急促的喘息之声。

"难、难道不是弄错了人吗？在下，乃是武田家臣板垣信方！"对方说道。

然而大膳并不答话。

"如此说来，你果然是盗贼不成？"

大膳一面进逼，一面焦急地考虑如何处置这个不能杀伤的对手。而此时，对手却突然踏前，转守为攻。不愧是板垣，剑术比刚才那两名随从要高明许多。大膳这样想着，欺身而上，见机抓住对方右腕，靠上对方身躯，用自己身体的力量将对方一步步朝路旁推去。

"什么人？"

突然，有灯笼的亮光从侧面照过来。借着亮光，大膳此刻才看清已被自己按在土墙上的对手的面容。听说是重臣，大膳一直以为对方是年老之人，却不料对方看起来比自己的猜测年轻许多，乃是一名中年武士。

"路遇盗贼，苦于招架。"见有来人，对方慌忙答道。

"我来相助！"

这分明是勘助的声音。大膳放开板垣，向后跳开。从这里开始便是这出戏的武打场面了吧。大膳如此想道。

说时迟，那时快，大膳只觉一股凌厉刀风扑面而来。大膳不由一声惊呼，再度后跃，却不料脚下一个踉跄，不知绊着了石头还是什么东西，仰面倒在地上。

当此时，第二刀、第三刀毫不留情地斩将过来。这哪里还是演戏，大膳只觉夺人性命的杀气向自己铺天盖地地压了下来。

这并非约定之举啊！大膳沿着缓坡一路翻滚，好不容易跳起身来，不知何时眉间已被斩伤，鲜血涌入双眼，却无暇用手拭去。

"勘助！"

大膳一面这样喊道，一面跳入右边的杂树林中。倘若演戏的话，勘助当会止步，不再追击才是。

然而当他回头之时，却发现勘助的太刀紧逼而至，这势头分明是无论自己逃往何处都必将紧追，寸步不舍。

"你疯了吗！"青木大膳大声叫道。

"我可没有疯。"冷酷低沉的声音响起。"看刀！"勘助说道。

"来吧！"

青木大膳大喝，同时感到事情完全起了变化，对方是当真要取自己的性命，自己当然也得奋力斩杀过去。此时，对这个癞子的厌恶感再度在大膳胸中涌起，并且比过去强烈数十倍。

然而，一股出生以来从未感受过的恐惧之情，自青木大膳心底悄然升起。对方手中太刀的切先①在不可思议的极低位置静止不动。这矮个子男人将切先压得几乎触及地面，一双阴阳眼紧紧盯着自己。大膳如今是进身无路、后退无门。

两人之间的距离在对手的进逼之下渐渐缩短，青木大膳觉得自己已经无法动弹。对手刀光掠过之时，大膳肩头剧痛，接着右手、小腿依次中刀。

"住手！快住手！"

青木大膳竭力嘶叫，然而叫声如同泥牛入海，无论自己如何叫喊，对手的刀锋依然毫不留情。

大膳感到对手山本勘助的身躯逐渐高大起来，而自己原本瘦高的个子逐渐变得矮小而丑陋。实际上，青木大膳的一只眼睛已经不能见物，一只脚也被斩瘸。

"啊——！"

随着临死之前的一声惨呼，大膳从肩头被斩为两段。

---

① 切先：日本刀术语。日本刀的前端部位与刀身之间的垂直线，称为横手；横手与刀尖之间的这一段刀，称为切先，是日本刀最锋利的部分。可以理解为刀锋。

第二章

甲斐的武田家派使者来到骏府,邀请山本勘助仕官,是天文十二年①二月中的事情。自从勘助斩杀了来历不明的浪人青木大膳,救下武田家臣板垣信方以来,已经过去一年半的岁月。使者告诉勘助,武田家以百贯②知行③请勘助屈就。勘助以自己要考虑两天为由,打发使者先回去了。

---

① 天文十二年:公元1543年。

② 贯:货币单位。战国时代的日本以明朝的永乐通宝作为标准钱,1贯等于1000文。这里表示勘助的知行地粮食年产量折合货币约为100贯。后文中"夺得领地三千贯",与这里的意思相同,表示夺得的土地粮食年产量折合货币约为三千贯。

③ 知行:自安土桃山时代至江户时代,将军、大名作为俸禄给予家臣的土地的支配权,称为知行。知行以每年相应土地的粮食产量计算。知行的表示方法有贯高制与石高制两种。日本战国时代,包括甲斐国在内的东日本的分国大多采用贯高制计算,因此文中山本勘助的知行以贯为单位表示。由于每年及各地收成情况均有不同,米价差异很大,贯高与石高之间难以准确换算。在太阁检地(自1582年始)之后,无论是知行还是土地的粮食产量,均统一采用石高制进行计算。例如一名知行为一千石的武士,其可支配土地的粮食年产量约为一千石。

这天，久未外出的勘助出了家门。安倍川的河堤旁，早开的樱花已经绽放。

"攻城略地，攻城略地！"

自刚才起，勘助口中便不停反复念叨这句话。百贯的知行吗！这种东西倒无关紧要。问题的关键，在于能否取得实际参与作战策划、发挥自己攻城略地之才干的相应地位。看来仕官之时，须得要附加相关条件才是。

"攻城略地，攻城略地！"

山本勘助无暇欣赏枝头满开的早樱，从樱花树下匆匆穿过。此时，有两位看似武士妻小的女子结伴迎面走来。二女看到勘助，怯怯地侧身相避到道路一旁。

"攻城略地，攻城略地！"

勘助并不理睬两名女子，稍稍抬高视线，傲然前行。每当他右脚落地之时，身体便随之歪斜一下。

进得骏府城下街道，他的庇护者庵原忠胤的居宅，便坐落在武士宅所群落的入口之处。那里有三株高大的山毛榉，城下的人们因而将这所居宅称为"榉屋敷①"。

勘助走进这"榉屋敷"的正门，不经通报，径直上了台阶，在走廊上遇见一位侍女。

---

① 屋敷：宅子。

"请问庵原大人在吗？"

"是的，请您稍等一下。"

勘助仿佛没有听见侍女的答话一般，自顾自地顺着走廊往前走去。侍女想快步赶在勘助身前，先行向主人告知勘助的来访，不过勘助那五短身材和奇特的行走姿态，却使她感到难以超越。

"您在家呀！"勘助在走廊尽头的房间外停下脚步，向屋子里说道。

"谁呀？"

"是山本勘助，特地来拜访您。"

屋里并未答话。此时勘助似乎清楚地看见庵原的面色陡然沉了下来，流露出嫌恶的神色，仿佛在说：这讨厌的家伙来了。

"我进来了。"

勘助打开拉门，进了房间，席地而坐。为了表示对庇护人的礼节，勘助身体前倾，端正地向庵原施了一礼。

"今天有事相商，故此前来拜会。"

"什么事？"

庵原忠胤本来坐在案机之前，面朝庭院方向，仿佛正在看书。听了勘助的话，庵原那白发苍苍的头稍稍转向勘助这边，缓声询问。

"武田家派来使者，邀请我前去仕官。"

庵原听罢，只抬了抬眼皮，并不作声。稍顷，徐徐问道：

"那么，你作何打算呢？"

"总是如此浪人之身，也不是办法。"

"知行呢？"

"百贯。"

稍待了片刻。

"这样的话，这边也给你百贯知行。"庵原说了这句话后，顿了一顿，又道："我不曾记得有亏待于你的地方吧？"

"已经九年了呀！可不想再无功受禄了。我想实在地施展自己攻城略地的才能。"

"你以为单靠纸上谈兵便能攻城略地吗？"

"能够的！"勘助沉声道。

庵原默然，似乎在考虑什么。稍顷道："无论如何你也要去甲斐仕官吗？既然如此，总得向主公知会一声吧。"

"不管去求见多少次，结果总是一样的。今川大人并不想放我去别国仕官。然而，若要自己驱策，却又感到可怕。"

"言过其实了吧。"庵原严肃地说。

勘助忿然道："难道不是这样吗？不是认为我山本勘助可怕吗？不是可怕到难以任用的地步吗？"语毕，语气倏地

一改:

"不过,这九年以来,承蒙关照,衣食无忧。此等恩义在下铭记于心。在下此身前往武田家仕官,便将一颗心留在这骏府吧!"勘助一面如此说着,一面低声冷笑,这气氛令人不快。

听得勘助此言,庵原仿佛吃了一惊,转过身来,面对勘助。庵原平素与人交谈之时,总是一副爱理不理的样子,此时他的双眼却闪现着冷冷的目光。

"此话怎讲?"庵原紧盯勘助,似乎要从其神态中探明真意。

"我是想既食武田家之粮,又受今川家之禄。"

"……"

"本来,在下是预卜着今川家的前程,因此这九年间也未曾离开这片土地一步的。"

"……"

"作为东海道第一武家①的今川家,从自己家里派出个把家臣,留在武田家,倒也并非什么坏事吧。"勘助说罢,便闭口不语。

---

① 东海道第一武家:原文"東海の一弓取り"是当时今川义元的绰号,形容今川家在东海道势力的强盛。东海道,古代日本行政区划之一,同时也指途经此行政区划的主要干道,后一义至今沿用。今川家的领国骏河、远江、三河均属东海道。"弓取り",原义是弓术高手,引申为武士、武家。

今川义元的夫人，乃是武田信虎之女。缘此，今川家与武田家之间有着姻戚关系。然而，信虎被自己二十三岁的长子武田晴信（即后来的信玄）流放，如今寄身于女婿今川义元的家中。表面看来，武田、今川两家由于联姻，有着牢固的同盟关系，然而信虎与晴信这对父子的矛盾，却造成了晴信与义元这两位家督①之间一道冰冷的暗流。

如此说来，作为今川家，暗中支给勘助一笔俸禄，将他派去武田家卧底，倒也并非一件完全没有意义的事情。

然而，勘助兀地站起身来，转身出门。庵原想要叫住勘助，勘助却头也不回地顺着走廊离去了。

勘助由自甲斐前来迎接他的三位武士陪同，沿着富士川东岸向古府②进发，正是三月之初的事情。富士川水流湍急，河道两侧矗立的山壁被青叶萌芽的嫩绿渐渐覆盖。

路途之上宿泊了两晚。勘助很讨厌四处奔波。虽然风传他在武者修行之时足迹踏遍了全日本，但实际上，他仅仅涉足过自己的故乡三河全土以及常年居住的骏河一部分。所谓周游各国这种事情是完全不存在的。不过，他并没有特意去

---

① 家督：日本中世（室町、安土桃山时代）至江户时代，武家之中一个家族的领导人，称为家督，也称为当主。例如今川家的家督为今川义元，武田家的家督为武田晴信。家督的继承采用世袭制。

② 古府：甲府，位于甲斐国。是武田晴信居城的所在地。

否认传闻里的说法，因为实在无此必要。对于他来说，无论是西日本还是东日本，任何城池的情况，他总能够将自己所听到的传闻组织成清晰的画面浮现于脑海之中，如同亲见。他从群书之中汲取的关于各地山川平原气候风土的诸般知识，能使原本全无所知的城池、城下街道的状况及周围的地形跃然眼前。

他每每与异乡之客相会交谈时，不忘向其详细了解各种各样的风物故事。他甚至惊异于自己非凡的记忆力与想象力。一旦听说过的事情，决不会忘记。并且，从仅有的残缺情报中，他能预见各种情况及可能性，可谓一叶落知天下秋。

行至途中，板垣信方来迎。无论是衣物细软、弓马随从还是交予勘助使唤的仆人，巨细靡遗，一一安排齐全。

勘助感到相当满足。一方面这固然是因受到了意外之极的周全接待，但更重要的，却是甲斐国的自然风土及地形状况，竟然与他脑海里数度描绘的画面并无二致，十分吻合。在进入古府城下之时，勘助感到此地天空云彩之色竟也全如自己所料一般。

"古府这地方，可曾来过几次？"板垣信方轻询道。

"这已经是第三次啦。"

勘助回答得自然而爽利，说到"第三次"时，自己都决不认为这是在说谎。

当晚，勘助在武田家居城以北某个村落的财主家里落脚，翌日便来到城内拜谒武田家当主晴信。武田家居城的形貌完全不似一座城堡，除周围有壕沟环绕以外，便与普通的宅邸相差无几。

在这宅邸的正厅中，正面端坐着二十三岁的武田晴信，左右分列的是武田家的宿将老臣们。勘助低头伏身在下首稍远之处，待晴信教他靠近些，他方才站起身来，躬身前行至晴信身前。

与板垣信方相邻的是饭富兵部少辅虎昌①，他旁边那位应该就是甘利备前守②吧。勘助在躬身前行之际，暗暗将视线掠向晴信两侧，武田家三位重臣的容貌尽收眼底。勘助再度伏下身去时，甘利备前守那冰冷的目光清晰地残留在了他的眼里。只有这家伙看来有些讨厌，勘助想。

晴信一言未发，只是饶有兴味地盯着勘助那异于常人的面容。稍顷，突然道：

"此人骨骼清奇，前所未见，百贯的俸禄大概不够吧。须得两百贯才是！"

---

① 饭富兵部少辅虎昌：饭富虎昌，武田家臣之一。兵部少辅是官位。古代日本人在称呼他人之时，常将官位、通称等放在姓与名之间。或者只称官位，如后文有时说到饭富虎昌时，也称饭富兵部。

② 甘利备前守：甘利虎泰，武田家臣之一。备前守是官位。

言语并不大声，却具有无法言喻的庄严之感。勘助心中暗自惊异，稍稍抬起头。只听晴信又道：

"将我晴信之名中一字赐予你罢，以后你就唤作山本勘助晴幸好了！"

真是一位气度非凡的青年武将啊！勘助如此想道，默默低头行礼。

"还不赶快谢过主公。"板垣信方凑近勘助，向他耳语。勘助抬起头来，用毫无起伏的语调说道：

"承蒙主公厚爱，在下不胜感激！期望尽早参加战斗，攻城略地，以报效主公之恩典！"

"攻城略地可并非简单之事啊……"晴信说道。

"是！无论攻城略地或是拓土开疆，其中都是有所奥妙的！"

"你可通晓其中奥妙？"

"是！"如此短促的回答任谁听来也觉轻率。此时，甘利备前守那毫不客气的低声冷笑传入勘助耳中。

"曾参与过几次作战啊？"甘利插口问道。

"从来未曾。"勘助话音刚落，厅内末席一侧顿起失笑之声。

勘助对此感到有些难以忍受，有一瞬间他甚至觉得自己无法继续端坐下去，体内似乎有一股子什么劲儿想要涌出来，那是一股无论几座城池也可轻易取得的自信与勇气。

此时，板垣信方打个圆场：

"请退下休息吧。"

于是勘助默默从晴信身前退下。

勘助退出之后，甘利备前守转到晴信身前，进言道：

"依我之见，一次也没有过经历战阵，竟然说自己通晓武略，看来不过是想以巧言辞令牟取厚禄的庸人罢了。"

甘利语毕，饭富虎昌说道：

"在下亦以为，不妨先任用一两年，视其功绩再加恩提俸不迟。不过，以主公犹如神明一般的洞察之力，如此这般或许有什么特殊的考虑吧？"

"十年之前，在我十三岁时，曾在参州牛洼与勘助有过一面之缘，那时便订下主从之约，并教他先去诸国巡游修行。"听罢众人之言，晴信面无表情，只是如此说道。

此时，众人任谁都明白晴信此言不过是信口开河，然而晴信既然这般说了，众人亦不便反驳。只有板垣信方深知晴信如此庇护勘助的缘由。晴信幼少之时受到父亲信虎的冷淡疏远，境遇不佳，因此他无论是对相貌奇特的武士，或是对不受人们信任而身处逆境中的武士，都有格外的袒护之心。

山本勘助听从板垣信方的安排，在武田家居馆前面武士

027

宅所一角一位名叫濑尾的武士家中度过了来到甲斐的第二晚。

翌日午后，勘助登上居馆背后的丘陵。居馆正后方，一段平缓的山坡向上逐渐延伸，行不到半山腰，放眼眺望，不用说这古府城下，就连整个甲斐盆地的景色也一览无余。

要攻下武田家的这座居城，是不费吹灰之力的事情。勘助如此想道。自山上看去，整个居馆简直毫无防备可言。以这种毫无防备之状，能够维持到如今，大概全因经常外出作战，而从未将敌军引入领内的。若是在东海地方①，哪座城要是出现如此漫不经心的状况，怕是一天也挨不过的。

风自丘陵下方吹来，轻拂在勘助有些出汗的皮肤上，令他顿觉神清气爽。勘助在缓坡上一片耕地的垄旁坐下，毫不疲倦地眺望平原。此地不愧是被称为山国的甲斐，盆地周围所见尽是绵延陡峭的山脉。

约莫一刻时分之后，勘助看到一位骑马的武士眼望着自己所在丘陵的半山腰纵马而来，此人骑术还真不错。不多时，那一骑行至近处，武士翻身下马，径直走向勘助，说道：

"是山本大人吗？城里有请！"

"难得你知道我在这儿呢。"

---

① 东海地方：东海道骏远三一带。

"您在登上这里的时候有人看到了。"

"立时就到。"勘助站起身,一面说。那武士传话完毕,纵身上马,蹄声嗒嗒之间,身影逐渐缩小远去。

勘助料想或是晴信召见自己,待进得城门,却见广场之上红白二色幔幕张开,太鼓①之声隆隆不绝,似是比武场地的安排。有两三位武士快步近身施礼,说了一个"请"字,便引领勘助进入幔幕之内。

只见甘利备前守坐在正面马扎②之上,左右有数十位武士并列。勘助被引领上前,甘利说道:

"山本勘助,让我们见识一下'行流'的剑术,如何?"

"这可难以从命了,我原以为是主公召我前来。"

"听闻你身负行流之技,恰好甲斐这里无人懂得此流派的剑术,研习新当流的倒多少有一些。不妨下场比试一番,让我等开开眼界如何?"

勘助对比试之类的事情全无兴味。大致说来,关于他通晓行流剑术一事,与诸国漫游什么的相同,本是无根无据的谣传。勘助根本没有拿过木刀,就算是真剑,除了斩杀青木大膳那一次外,无论是那之前还是那之后,他都没有使用

---

① 太鼓:日本代表性的打击乐器,与我国的鼓相似。

② 马扎:原文为"床几",一种便于折叠携带的小板凳。此物汉朝之时自胡地传入我国,后又传入日本,即我们今天所说的"马扎"。日本古代没有椅子,在室内都席地而坐,行军征战之时,于野外布阵安营,就以马扎为座椅。

过。在当时的情况下，他自己也不明白该用什么样的招数来对付青木大膳才好。只是想要挥刀斩去，于是便挥刀斩去。斩了额头、斩了双足、斩了肩膀，再斩了额头，最后自肩膀将其斩为两段。自己只不过是一心想要斩杀青木大膳，于是就将他斩杀了而已。

但剑术之类是不会的。行流、新当流什么的，自己都毫不知晓。就连起手的架势该如何摆都不知道。

不容勘助思索，两三位武士迅速靠近勘助，将木刀硬塞进他手里，很快又替他将衣服袖子绾上来并用带子系好。

"难以从命！"

勘助话音未落，五六名武士不由分说将他拥至广场正中，团团围住。

"实在是为难！"

勘助想要逃到一侧，却又被拉回广场中央。此时，勘助看到一位中年武士拿着木刀摆好架势，一步一步朝自己进逼过来。勘助毫无战意，这场比试于是单方面展开。

"难以从命！"

勘助大呼之际，肩头重重受了一击。

"真是蛮不讲理啊！"

勘助再次大呼，另一边肩头倏地一麻。这一击令他此侧手臂顿时失去知觉。转瞬之间，对手下一刀急速横扫勘助脚下。勘助双脚不由横向弹起，然后全身以奇怪而可笑的姿势重重摔落地面。

广场四周立时笑声哗然，众人定睛一看，勘助在广场中央的草地上摔了个仰八叉。

陡然，周围的喧扰之声如同沉入水底一般，霎时间安静下来。广场幔幕一角掀开，在小姓①身后，晴信的身影出现。勘助被叫到晴信的身前。

"听说你比试了武艺，是吗？"

晴信问道。那声音一如既往的低沉却又能深入人的内心。

"是的。是我胜了。"勘助说道，一面用右手按住依然疼痛的左肩。"刚才作为我对手的那位，在实际战斗中不会有用的。一下子就会被对方击倒。"

"何以见得？"

"他的眼神过于死板，仿佛死鱼的眼睛一般。那样的话，就连无名的杂兵都能结果他。"

勘助如此说道。不知晴信到底信与不信，总之他点了点头，脸上仍然是毫无挂碍的神色。广场上又开始了新的比试。勘助施了一礼，便从晴信身前退下了。无论肩还是腰都

---

① 小姓：大名的贴身侍从，主要由武家之中未成年的非继承人子弟担当，职责是贴身护卫大名，跟随大名参加战斗，以及料理大名日常生活起居。

疼痛莫名，真是一场灾难啊，勘助想道。

甘利备前守快步追上勘助，恨恨地说："你教人打得如此之惨，就不要厚着脸皮说大话了吧！"

"那位是甘利大人您的家臣吗？"

"是最近刚招收的家臣。虽是东国的浪人，但武艺着实不错。"

"那样的家伙在实战之中是不会有用处的，只会辱了您的名声吧。"勘助说完，低声一笑，一面掀起幔幕，他那矮小的身躯很快就消失在广场之外。

当夜，晴信召勘助入城谒见，一同在场的还有板垣、甘利等四五位武将。

"关于武士与百姓，其举止风度，是否视地方不同而情况相异呢？"

晴信询问勘助。

"在下巡游诸国之时，曾见识过各家大名之风范。此外，在下在骏河居住的九年之间，也曾见识过义元公的家风，也曾与诸国的浪人打过交道。大致说来，其类有三：一者，东日本各国可算作一类；再者，自尾州①至和泉可算作一类；

---

① 尾州：尾张国的别称。

三者，中国①、四国、九州大体上又可归于一类。"

"如何不同？"

"尾州以东，也即东日本各国，诚恳之士甚少，大多傲慢无礼。若是修好之人，则无视其缺点而赞誉有加；若相互不和，则虽有功绩也会横遭责骂。"

勘助口若悬河，展现雄辩之才。无论被问到什么，都能对答如流，也不知他如何得知。

作为勘助的推举人，板垣信方感到非常满意。而甘利备前守却紧皱眉头，不发一言。在他看来，勘助口中喋喋不休的，全属谎话无疑。

从诸国的地理到人情、风俗，乃至军队的编制情况，一旦被问到，勘助总能明快爽利地回答出来。

"有无攻取敌国之后，仅用一两年便可使其心服的方法？"晴信又问。

"攻取之后，须得对该国势力强大者及名门望族加以笼络，支给其原本一半的俸禄，必要时可恢复全部俸禄，或与其谱代②家臣联姻。另外，可以召见该国的高僧、商人及庶民中的有德之人，询问领内状况，也可宴请他们，使其感服

---

① 中国：这里指古代日本本州畿内以西各国，包含现今日本冈山、广岛、山口、岛根、鸟取五县的地域。也叫作"中国地方"。本文中的"中国"及"中国地方"，均为此义。

② 谱代：代代都出仕同一主家的武士家系。

恩德。安艺的毛利元就①,以百十人始,经略之下,竟一统中国地方,威光震慑四国、九州。其所以能成就武名,皆因如此之故。"

自酉时二刻至亥时②,都只见勘助一人滔滔不绝。

夜已深,户外风声猎猎,众人一齐从晴信身前告退。勘助比板垣信方、甘利备前守二人先行一步出了居馆。

勘助自东门出城,走过架于壕沟上的小桥。四周一片漆黑,只有城内的老树枝梢被风吹得簌簌作响。勘助沿着壕沟行走,在拐弯处刚要转身走向武士宅所时,忽见黑暗之中白光掠起,刀锋直指自己鼻尖,实在出其不意。

勘助大惊之下,向后急跳,雪白刀锋穷追不舍。勘助一步一步直向后退去,也不管自己身处何处。

须臾,勘助已退到居馆东北一角供大名隐居的城郭之旁,那白刃依然直指鼻尖,闪闪发亮。此时勘助才喝道:

"什么人?"

"希望能真正与阁下一决胜负!"黑暗之中,一个声音响起。

---

① 毛利元就:日本战国时代名将,运用谋略使原本处于尼子与大内两家豪强势力夹缝之中的毛利家崛起,并击败尼子与大内两家,成为领有中国地方十国的大名,后人称其为"战国第一智将"。

② 酉时二刻至亥时:原文为"六ツ半"至"四ツ",为日本古代计时方法,相当于现代的晚上7点至10点。

"恕难从命！"勘助说道。此时他方才看清自己身前站立之人，正是白天与自己比试的武士。"白日里不是已经决出胜负了吗？是阁下要高强一些。"

"少废话！我不愿听！"

勘助见机向后跳出一截，与对方拉开距离。

"难以从命！"勘助又说。"请阁下息怒，在下白日里以为是主公召见，因此才——"

勘助话音未落，只听对手冷笑道：

"不用担心，我只想将你击败即可，不会取你性命。你怕死了吗？真是遗憾，无论你如何怕死，这场剑是一定要比的！"

"只是击败吗？"

"不错。"

"无论如何也要比剑吗？"

"是的。"

对方话音刚落，勘助拔出刀来："好吧，那我也只好奉陪了。"

"来吧！"对方说道。

勘助擎刀在手，也不拉开架势，只是一步步地向对方直逼过来，一副不要命的样子。对方何曾见过这等声势，略一愣神，却被勘助抢上一步，举刀直劈眉心。

"哎呀！"对手吃了一惊，慌忙后退。岂料勘助继续进逼，右脚踏上一步，再次举刀劈下。因为勘助本就跛了右腿，这一步使他的身体大幅摇晃。

"啊——！"与此同时，对方一声惨呼，如同夜鸟[①]悲啼。他的右肩已被勘助劈伤。

勘助依然擎刀紧逼不舍。

"住手！请住手吧！"对方叫道。

勘助却没有住手，兀自步步进逼过来。

"住手！"

这时，一旁另有声音响起，黑暗中几个身影急速靠近，所执松明火把映照之下，正是板垣、甘利及其余二三人的面孔。原来勘助二人在打斗中，竟不知不觉来到了城门前面。

"住手！还不住手！"

有人再次大喝。然而勘助却充耳不闻，欺身而上，手中太刀疾风一般斩下。

如同夜鸟一般的惨呼再度自对手口中响起。勘助静静地收刀回鞘，身体依然站立在黑暗之中，一动不动。在松明火光的明灭照耀下，那身形高大的对手仍旧立在原地，俄而向后翻倒。这新当流剑士的天灵盖，已被劈为两半。

[①] 夜鸟：夜中啼鸣的鸟。也指日本传说中一种名为"鵺"的怪物，猿头、狸身、蛇尾、虎爪。叫声凄厉。

甘利备前守似乎瞥了那尸身一眼，然后盯着勘助这侧，显出难以理解的困惑神色。

"山本勘助吗？"

"是。"

"斩杀了他的，是你没错吧？"

"是。"

"是你斩杀了他吗？"

"是。"

甘利备前守忽然退出松明火把的光圈，一个人快步走出了城门。行了几步，他忽然回头大叫了一声：

"山本勘助！"

不待勘助回答，他又转过身去，快步走远。如今在他眼里，山本勘助此人实在是与妖怪无异了。

勘助与板垣信方一同，向武士宅所的方向走去。经过途中的缓坡时，信方说道：

"在战场之外，无论伤人或是杀人，总归不好。"

"是。"勘助回答，耳中风声凛凛。无论是斩杀青木大膳之后还是现在，自己都觉得全身稍稍有些疲劳。他一旦拔出刀来，想要斩杀对手之时，便一定会将对手斩杀。勘助丝毫不觉得这有什么稀奇。他确信自己有着这样的力量，自己就是这样一个人。

"自下月起会有战事。我给你足轻①二十五人,你尽力效忠吧!"

信方如此说道。然而勘助耳中,只听到寥寥数字。

"作为足轻大将②——"板垣信方又道,勘助却心不在焉。他对自己职位什么的没有多大兴趣。信方再说的什么,他也恍如充耳不闻。

"攻城略地,攻城略地!"

他的心中又在反复叨念这句话。他只关心在交战之中攻取敌方城池之类的事情。与晴信这样的青年武将一同赶赴战场,为他攻取一座又一座城池,这才是无比畅快之事啊!勘助如此想道。在从未参加过战斗的勘助心中,此时感到十分平静,耳中听不到丝毫干戈之声。浮现于他脑海中的城郭画面,以及城中士兵的部署调动,却不过是一张草图而已。

勘助与板垣信方道别之后,独自一人走向自己的住所。从缓坡下方吹来一阵沙尘,勘助用缺了中指的右手挡在眼前。在东海地方从未见到过的略带青蓝之色的冷冷星辰,似乎触手可及,与他那稍稍扬起的脸相对而望。勘助深一脚浅一脚地走下坡去。

---

① 足轻:古代日本战争中的最低一级士兵,取"步履轻快之人"之意,称为足轻。大多使用长枪与刀作战,也有使用弓箭的弓足轻与使用铁炮(即火铳)的铁炮足轻。

② 足轻大将:日本战国时代及江户时代,指挥足轻部队的将官。

第三章

武田晴信率领二万大军，于信浓国高原御射山布阵，是天文十三年[①]二月的事。此次出兵，是为了打击诹访的豪族诹访赖重。

作为经营信浓的第一步，夺取诹访一地，可谓自信虎时代开始迄今悬而未决之事。信虎当年因忙于向骏河、相模方面征战，为避免腹背受敌，不愿意与诹访氏发生摩擦，因而将自己第六个女儿嫁给了诹访赖重，将诹访氏纳于自己势力之中。这位从武田家嫁到诹访的公主，名叫弥弥，乃是一位相貌出众的美人，但却在两年前她十六岁之时故去了。

晴信与其父信虎不同，他想要将诹访一地切实地掌握在自己手里。因此这一两年间，他一直在寻找进攻诹访赖重的借口。近来，晴信偶然从高远城主高远赖继口中听说赖重起了叛心，于是便以此为由，引军直向诹访而来。

然而，晴信自从在御射山布下阵势以来，总觉心情沉

[①] 天文十三年：公元1544年。

重，这心情与他将父亲信虎流放骏府时的心情如出一辙。他预感今后若是回味起这次战斗，心里一定不会好受。虽说弥弥公主已经过世，但对晴信来说，赖重始终还是妹夫。如今，以一个尚不知有几分可信之事作为借口，却要将这层姻亲关系亲手切断，实在不是一件令人愉快的事情。安营之地周围，有许多梅花，白色的花朵在高原不带一丝尘埃的空气中点点绽放。这梅花的纯白之色沁入二十四岁的晴信心中，使他心情始终无法平静。晴信觉得不可思议。自己虽已挥军到了此处，战斗一触即发，然而心里却没有丝毫战意。

在御射山布好阵势的当夜，高远赖继派来使者，告知晴信自己将于最近两三天内越过杖突岭，一气攻入诹访氏的居城上原城，请求晴信率大军自东侧进攻，以两相呼应。

高原赖继的使者回去后，晴信召集主要将士，重新拟订作战方策。晴信任命弟弟左马助信繁①为全军总指挥者，而自己则率领殿后部队，尽可能坐镇御射山本阵不动。

"仅仅为了湖畔的一两座小城，毋须将两万大军尽数出动。"晴信如是说道。这在喜好征战的晴信来说，实属罕见。

"不过，若是主公移驾至宫川村或安国寺一带，则于战况更为有利。"

---

① 左马助信繁：武田信繁，信虎的次子，晴信的二弟。左马助是官名，又称"典厩"。因此后文有时也称他为"武田典厩信繁"。

板垣信方进言。其余各将也都附和。

这时,末席的方向忽然有人提出了全然不同的看法,此人正是山本勘助。

"依在下之见,武田家与诹访家有着姻亲关系,虽然现在说起这个大概有些不合时宜,但我勘助本人,并不想进行即将到来的这场战斗。既已挥军至此,也已充分达到了威慑诹访家的目的。若双方能兵不血刃达成和议,在下认为这亦是一场胜利。"

满座空气顿时凝固。明日即将交战,竟有人在此时提出反对意见。就连平素袒护着勘助的板垣信方,也不禁颜色陡变。

"胡说什么!山本勘助!"

大喝之声来自信繁。不容争辩的怒气于这年轻武将的脸上凸现。

"算了,算了。"

晴信劝解似的说道。只有他,与勘助的提议心中暗合。在他内心,亦如勘助所言那般,对这场战斗全无兴味。自勘助的口中说出了自己心里所想之事,晴信觉得如释重负。

"你有什么好办法吗?"

晴信问勘助。

"是。请您派勘助作为使者前去与诹访一方谈判,晓以事理，使其宣下对武田家的从属誓言。"

本来，如果说赖重对晴信心有嫌隙，其原因便在于晴信将父亲信虎流放至骏府一事。若是将必须如此的理由向赖重说明①，想必赖重也不会不理解的。——这便是勘助的意见。

勘助此言，在座武将当然不会赞同。不过晴信说道：

"攻下诹访的城池，不过易如反掌。即使这次不去攻打，今后只要想打，随时都能攻克。然而这次我虽已率军至此，若要向诹访进军，却总觉内心不安、辗转难眠。我想派勘助作为使者，与赖重见面试试。若是能以我方可接受的条件达成和议，岂非也是一件好事？"

晴信如此说了之后，众将无人再来反对。大家都明白，晴信既然说了这番话，那便只能照此行事。晴信就是这样的人。

"勘助，几时出发？"晴信问道，声音传入位于末席恭谨正坐的勘助耳中。

---

① 信虎流放事件：甲斐武田家家督信虎穷兵黩武，脾气暴躁，滥杀无辜，引起家臣百姓不满。天文五年（1536年）信虎认为身为嫡长子的晴信（即后来的信玄）不中用，想立武田信繁为继承人。天文七年（1538年），信虎想以到骏河学习为名流放晴信，幸亏晴信正室三条夫人产下儿子义信，这才度过危机。为了确保自身的安全，武田晴信在家臣们的支持下，依靠饭富兵部和老师坂垣信方的帮助于天文十年（1541）六月将父亲信虎流放到骏河，交给今川义元看管，夺取了当主家督的职位权力，从此开始了波澜壮阔的后半生。

"就是此时，立即出发。"勘助回答。

勘助对这位任用了自己的年轻武将持有好感，晴信是他在这世间唯一欣赏的人。勘助讨厌这世上的每一个人，唯独喜欢晴信。为了晴信他可以不惜生命，勘助这样认为。虽然勘助无法判断这样的魅力是如何从这位年轻武将身上散发出来的，但仅仅对晴信，他持有与对其他人全然不同的心情。

晴信在单独召见勘助之际，有时会叫他"瘸子勘助"，但勘助却一点儿也不会生气。晴信的声音里面没有一丝轻蔑之意。勘助这位自小在周遭的蔑视之中成长起来的相貌怪异之人，在与晴信初遇之时，方才体会到有人对自己投以爽朗亲切的目光。

勘助并非故意要在临近交战的头一天提出相左的意见。他在今天的军议①之席上，不知不觉地注意到晴信对于这次战斗颇为消极，那情绪中包含了困惑与不安。这究竟是怎么一回事呢？勘助在末席独自一人思索着这个问题。当他偶然抬起头来，目光正好与晴信的目光碰个正着。一时间，勘助仿佛被神明附体，那番话语冲口而出。

无论是从时间还是场合来说，这一番话都颇不合时宜。弄不好或会招来杀身之祸。勘助无法弄清到底是自己说出了这番话，还是晴信附在自己身上说出了这番话，他只是觉

---

① 军议：作战之前召开的会议，讨论作战方针部署。

得，这一番话是无论如何也不能不说的。

当建议被晴信采纳之时，与其说勘助松了一口气，不如说他对仅有自己洞彻了晴信的心思而感到十分满足。勘助一边入神地凝视着这位额头宽阔、目光炯炯的青年武将，一边又道：

"无益的进军，并非兵家之道。为了不折一兵一卒而将诹访握于掌心，请立即委派在下勘助作为使者出使诹访家吧！"

除了晴信之外，在场的一干武将，无不觉得勘助此言甚为讨厌与不逊。

勘助请求另外派出使者，通知高远赖继军停止进攻。安排妥当之后，勘助带着三位骑马武士于当夜从御射山的营地出发。

翌日早上，勘助一行从高原下到诹访盆地一角。为了不遭敌方的攻击，他们在敌军配置的间隙中小心穿行。直至日暮时分，他们方才到达诹访氏居城上原城外的一望之地。待得临近诹访军阵地，四骑立即加快速度，纵马如疾风一般向上原城飞驰而去。

到得城门前广场，勘助勒住马缰，任由坐骑在广场中徘徊，一面向四周大声喊道：

"我等乃是使者，有急事求见诹访大人！"

其余三人也一同高声叫喊。须臾，一大群武士围上前来，将三人从马上拽下。

约莫一刻之后，勘助被带入城中，来到坐在马扎上的诹访赖重面前。四周篝火熊熊，端坐中央的赖重是一位比晴信稍微年长的武将，除了拥有几乎与女子无异的俊美容貌以外，似乎无甚可取之处。

听勘助转达了晴信的意思之后，赖重突然笑了起来。那是一种歇斯底里的笑。笑毕：

"请转告说，一切都同意了。"

他如此说道。赖重原本以为今日或明日便是自己的死期，而忽然之间，这死亡的阴影却又离他远去。赖重再次狂笑起来。

"为避免以后出现纷争，还请您将您的领地界定下来。"

"那么便以茑木为界吧，茑木以东，我一粒米也不会取走。"赖重面色苍白，毫无感情地说道。

"期望今后，两家可以恢复兄弟之谊。"

"那是再好不过。今后，为弟必将前去古府晋见。"

很显然，赖重亦不愿意进行这场战斗。于是所有条件得以顺利通过。

用罢酒菜，勘助从赖重身前告退。

与来时截然不同，在回去的时候，勘助一行被赖重亲自恭送至城门。在赖重身边,还有一位被侍女陪护着的姑娘,年龄十四岁上下。她继承了父亲的俊美面庞,有着明媚动人的容颜。

"这位是令千金吗?"勘助询问赖重。

"正是小女。"赖重回答。

毋庸置疑,这位姑娘并非两年前过世的弥弥公主之女,乃是赖重侧室小见氏所生。

勘助清楚地看到这位少女的眼神之中藏有敌意。此间每一位武士无不为和议的达成而欢欣,只有这位少女并不为此高兴。勘助如此觉得。这不禁使他感到很新鲜。

勘助返回御射山的营地,向晴信报告赖重的答复,已是翌日正午时分。

晴信对于勘助所缔结的和约十分满意,会见了跟随勘助自诹访来到此地的使者,并于当夜大宴全军将士。在之后的第三天,晴信率军返回古府。

诹访赖重为了恢复两家旧交,来到古府拜会晴信,是三月底的事情。晴信很是高兴,隆重地款待了赖重。

翌四月,赖重再度前来古府造访。此次不仅宴会与前次同样盛大，晴信还特意找来艺人表演能乐①，武田家主要家臣均在一旁陪同观看。

赖重回去之后，晴信询问众将对赖重此人的印象。武田家众将大多都对赖重持有好感，有人说他风度翩翩，有人说他温厚可亲，总之不是粗忽之人。

"虽说有着姻亲关系，但在这种时候敢于仅带寥寥几名随从来到古府，赖重也真可谓大胆之极了。"晴信之弟信繁感慨道。

"不失为一位当世罕见的年轻武将啊。"甘利备前守亦如此说。

"信方如何以为呢？"晴信转头询问板垣信方。

"以后定将成为主公您的得力股肱。"信方回答。

"勘助呢？"

最后，晴信询问勘助。

"我的意见，请您屏退左右，方可启禀。"勘助说道。

晴信并没有屏退众人，只是对勘助说："勘助，咱们去

---

① 能乐：日本古典剧种之一，亦称为"能"。能约于日本南北朝时期从农村酬神的"猿乐"（类似中国唐代的散曲）中分出，著名能奠基人观阿弥（1333—1384）和世阿弥（1363—1443）父子，尤其是后者在总结并吸收前人各种艺术的长处后，使能发展成为一种以音乐、歌唱、舞蹈为主的悲剧型歌舞剧。后于室町时代，得第二代将军足利义满（1358—1408）的保护、支持，能这一剧种才日益繁荣，确立了自己的地位。

院子里说吧。"语毕起身，向庭院中走去。

宅邸四周有数株高大的栲树环绕。两人来到树下，晴信忽然感叹：

"已经是蝉鸣时节了！"

虽然天气已逐渐炎热，但在树荫之下，仍是相当凉爽。自御射山出阵之后几无战事，不知不觉竟春去夏来。

突然，勘助说：

"要除掉他吗？"

晴信似乎吃了一惊，转过头来，看着勘助。

"除掉谁？"

"诹访大人。"

"要除掉他吗？"晴信似是自言自语。

"我想，还是除掉为——"勘助说。

"在御射山的阵中，提出和议的不正是你吗？如今却说除掉的话——"

"世人要如何议论是没有办法的事，想必以后回想起来心中也不是滋味，只是倘若不趁现在除掉的话，恐怕——"

"没有办法了，除掉吧！"晴信仿佛下了决心。

"请交给我来办吧。"勘助表情未有丝毫变化。

晴信不知勘助为何会如此洞悉自己的心思。当日刚送走赖重之时，晴信心中便情不自禁地生出必须将赖重除掉的想法。不知怎地，他觉得若是让赖重活下去的话，日后当会成为祸患。

至于勘助，则与此前在御射山的阵中提出和议之事相同，当晴信询问众将对赖重的看法之时，勘助自晴信的脸上看到了他内心的犹疑不宁。而当时自己的心中却也同样无法平静。

这究竟是什么缘故呢？当听到晴信口中问到"勘助？"之时，自己抬起头来，不知不觉间竟然说出"请屏退左右"这样的话。潜藏于自己内心之中的"除掉赖重"的想法，在那时方才明确地显现出来。

赖重第三次来到古府，是在六月中旬。此次仍在武田家的居馆受到设宴款待并观看能乐表演。表演过半之时，中间头①荻原弥右卫门尉走近赖重的座席。

"奉主公之令特来取你性命。"

语调虽然恭敬，但刹那之间手中利刃不容分辩地急速斩向赖重。赖重仓促之间想要拔出胁差②，却被紧接而来的第二刀砍翻在地。

此时正在观看能乐表演的众人，全被陡然而来的变故惊

---

① 中间头：武家之中役人职位，统领30人左右。于战阵之时在旗本队中，与目付众和近侍一起守护主群。

② 胁差：也称"胁指"。武士平时与太刀或打刀配对带于腰间的短刀，刃之长度为29.9～60厘米不等。

呆。荻原弥右卫门尉此举是否果真是晴信的命令，谁也无法立即判断出来。

坐在厅内一角的勘助站起身来，缓缓推开众人，近前俯视着倒在地上的赖重。

"准确一刀结果他吧。"勘助命令荻原。

荻原一时没有明白勘助的目光是向自己示意，只是愣在一旁。

"荻原，快了结他！"

听到此言，荻原方才回过神来，俯身向赖重刺下最后一刀。

一刻之后，勘助谒见晴信。

"究竟为何你想到要除掉赖重呢？"晴信郑重地询问勘助。

"虽说双方已经缔下和议，但三四月间赖重连续两次来到古府拜见，以此看来他似乎下了很大的决心。在下以为他此举是想让我方放松警惕。而主公您因为礼仪，不得不择日回访诹访。那时可就危险至极了。"

听罢，晴信笑出声来：

"彼时饶了他的性命，此时又取了他的性命，这一来一去可真是繁忙啊。"

"繁忙之事还在后面。既然发生了此事，以武力夺取诹访可就在所难免了。"

"须得今晚连夜前往御射山布下阵势吗？"

"今晚的话为时过早，暂且静观事态发展吧。刚刚斩杀了赖重，立时便进军诹访，确会令人有阴谋之感。在对方来交战之前，请按兵不动如何。这也并非什么要紧的事情。"

晴信考虑片刻，道：

"如此甚好。把信方叫来。这家伙或许已经在准备出战了。"

果如晴信所料，来到晴信身前的信方已经披挂齐全，一副上阵的打扮。

"如此装扮所为何事呀？"晴信问。

"既然您斩杀了诹访大人，我便只好随时准备出战了。"

"不如待对方攻来之时再作打算如何？"

听得晴信此言，信方考虑良久，忽然转头看着勘助：

"之前在御射山布阵之时，便挥军直取诹访不是很好吗？却徒然浪费这些时日。"

信方语调冰冷，似是责怪勘助当初多此一举，使攻略诹访之事延误至今。本来颇为欣赏勘助的信方，此时也不禁对勘助待以冷眼。

而勘助那矮小的身躯却正襟危坐，仿佛在思考什么，从他脸上仍旧无法判断双眼注视何处。勘助此时正在头脑中描绘自己曾一度出使过的上原城及周边地形。对于信方的责难他并不关心，他正在考虑如何方可攻取上原城。

上原城三日即可攻落。勘助如此想道。此后再攻打距上原城约莫二里①的高岛城，一天时间便足以拿下了。无论进攻哪座城，都以在诹访湖结冰的冬季为好。

忽然，勘助仿佛是对晴信与信方，又仿佛只是自言自语地说道：

"此战宜在冬天进行啊！"

这声音大得惊人。

晴信兴师平定诹访，乃是第二年即天文十四年②正月十九日的事情。

信繁作为总大将指挥全军，板垣信方担任先锋，日向昌晴负责殿后。总兵力三千七百。另一方面，诹访军亦出上原城，于普文寺一带布下阵势。

此战武田一侧以压倒性的优势，于一日之内迅速突破普文寺一线，攻下上原城，大军直取位于诹访湖岸的诹访家宿城——高岛城。此役，板垣率众取得诹访兵将的首级三百有

---

① 里：古代日本距离单位。一日里约等于四公里。本文中所有距离单位"里"均是指日里。
② 天文十四年：公元1545年。

余。名门诹访氏就此灭亡。

在本次战斗中，勘助追随板垣信方指挥作战。

城破当晚，勘助手执一杆与其矮小身材极不相称的大身之枪①，率先进入高岛城。敌军尽数败走，城内空无一人。勘助登上瞭望楼四下眺望，湖岸周围燃着数十堆篝火，熊熊火光映于湖面，顿时呈现出与这个世界迥异的景象。日间激烈战斗的亢奋还未消去，武士们的喧嚣划破了这凄清寒夜中的长空。

勘助走下瞭望楼，穿过天守阁②下方的大厅，刚要踏入一侧的休息室，忽然惊异地停住脚步。在房间一隅，一位衣着华贵的年轻女子端坐不动，有两位侍女陪同左右，一人年轻，一人年老。

勘助正要上前，那年轻侍女喝道：

"请不要靠近！"

勘助忽然觉得一种奇特的压迫之感，阻挡着自己无法近前。此时，那年轻侍女又道：

"快退下罢！"

听那语气似乎是觉得勘助在此很是碍眼。

---

① 大身之枪：日本长枪的一种，一般长约4米，通常用于枪足轻组成枪阵以对付骑兵。

② 天守阁：亦称为"天守"，位于日式城堡中心部的高大建筑物，一般为多重楼阁，造型宏伟，象征了城主的权威。

"是诹访大人的公主吗？"勘助涩声问道。

"是的，请不要靠近。"

"不靠近便不靠近，那么，你们作何打算呢？"

"只好自尽了。这之前，请勿教他人进来。"年老的侍女回答。

勘助此时方才重新打量了一番这位与自己在一年以前曾有过一面之缘的赖重之女。当日诹访众将士欢送勘助一行之时，唯有此女眼眸之中满是敌意，而此刻她却容颜静谧，与前时判若两人。

"自尽的话，为何至今还不动手呢？时间可是充裕之极。"勘助说。

"是我们劝阻了她。因为实在太可怜了，我们实在无法忍心在一旁看着她自尽。但是，事到如今——"

此时，赖重之女失神地站起身来，勘助倏地冷笑一声。

"因为我不想了结自己的生命，于是才逃跑。我实在不想自尽。"她以同样冰冷但清澈的声音说道。

"公主！您怎么这么说！"两位侍女急忙起身追了过去。

"不、不！我不想自尽！"公主一面如此说着，一面心神丧乱地在屋里逡巡。

此时，听得大量武士聒噪着闯入大厅，原本因公主失神的举止看得浑然忘我的勘助，突然站了起来，一把拉住公主手腕：

"您为何如此厌恶自尽呢？"勘助问道。

赖重之女一面想将勘助的手甩开，一面自下往上直视勘助，这正是勘助曾经见过的那双充满敌意的眼眸。

"所有人都死了，我想至少我一个人要活下来。"

公主说道。话语之间似有勘助迄今为止未曾耳闻过的异样之美闪闪发光。虽然作为武家之女，不应说出此等言语，但它却是如此直率，如此震慑人心。

"我就算死了又能怎样呢？我要活下去，亲眼见到这城、这诹访湖今后会变成什么样子。我不想死。无论今后会多么辛苦地活着，我都不想死！"

如同被什么附体一般，这段话语自公主口中一连串迸发出来。

"你快放手！"公主大叫，一面奋力挣扎。勘助只好放开公主。公主旋即倒下，如同断了连线四处飞散的玉串那般。这美丽的少女昏了过去。

"快带她走！"

勘助命令似的对两位侍女喝道。两位侍女亦失去了自尽之心，听得此言，便从两侧将公主抱起。

勘助在前，大踏步走出房间。大厅之内充满了宛如阿修罗般残暴狰狞的武士，他们四处徘徊搜索，仿佛在物色什么。勘助逆行于武士行列之中，带领三女前行。勘助矮小的身体手执长枪，如同妖怪一般的身姿向前疾行，那气魄仿佛在告诉周围的武士：切勿碰我身后这三位女子一根手指。狂人一般的武士们见了勘助如此声势，纷纷侧身避让。

赖重之女由布姬一度被带到古府，随后又被送回诹访，暂居诹访神社之中。

诹访战事结束约莫一个月后，勘助应邀来到板垣信方家里。信方告诉勘助一件意想不到之事：

"主公出言想要迎娶由布姬为侧室，无论如何请你阻止主公。"

信方如此说也不是没有道理的。由布姬乃是丧身武田之手的赖重之女，重臣、老臣无一例外地反对这门亲事，而晴信却丝毫听不进去。重臣商议之下，认为若由平素深得晴信信赖的勘助前去建言，晴信或会采纳。因此信方邀勘助前来并具告此事。

"主公既然如此热心，那么将由布姬迎为侧室亦是无妨。"勘助立时回答说。

这二人之间似是有着奇妙缘分，勘助如此想道。此时勘助不由回忆起由布姬"大家都死了，只有我一个人也要活下去"的话语。

倘若晴信与由布姬二人能够诞下男孩，诹访家的血脉便得以传承了。若是让这体内流淌着诹访之血的人将来继承武田家家督之位，那么诹访这片土地的人们，想必便会忘却怨恨，归顺于武田家治下吧。或许晴信原本就是这样考虑的。

勘助对信方诉说了自己的看法。

"若是二人没有子嗣，那么武田家便成为杀掉赖重、攻下诹访城池、强纳其女为侧室的元凶，于他国必会造成恶劣影响，于诹访众，则怨恨永无消除之日。"信方不无担心地说。

"但是，就算不这样做，诹访众人的怨恨亦无法消解。若是迎娶由布姬的话，反倒还有一线希望。"

"那便只得祈愿男孩出生了。"信方此言，似已倾向赞同迎娶由布姬之事。"只是，不知由布姬会否同意。"

"在下多少与公主有些缘分，曾救得公主一命。就让在下勘助作为使者一试吧。"勘助说道。

大约一个月后，勘助来到诹访。由布姬已迁往诹访湖南岸的观音院居住，于是勘助策马自高岛城沿着湖畔向南驰去。

自观音院所在的山丘上隔湖遥望，对岸的高岛城依稀可见。此时湖面解冻，正是冬去春来之时。

这是勘助第二次见到由布姬。

"我来迎接您了。"

勘助说道。由布姬表情娴静，默默颔首。

翌日，进驻高岛城的信方部队送来三顶轿子，由布姬与两位侍女各乘一顶，由勘助与十数骑武士护送前往古府。

轿子经行之处，各村落附近的桃花已然满开。

"我累了，想休息一下。"

轿子行走不到一刻，由布姬便要求休息。上了丘陵也休息，下了丘陵也休息。看来由布姬非常骄纵任性。

翻过丘陵之后，由布姬下轿小憩。此时她询问勘助：

"几时回来诹访呢？"

"待产下孩子之后，再由我勘助陪护您回来吧。"

听罢勘助此言，由布姬面色陡沉，进入轿中，再也不肯出来。此后轿子一行再不停歇，一直穿过这丘陵如小岛一般四处分布的平原。

路途上，勘助凝神遥想晴信与由布姬二人诞下子嗣之事。自出生以来从未被任何人关怀过，亦从未关怀过任何人的勘助，此刻感到自己终于遇到了值得尽心侍奉的一对主人。

此事可算是顺利！勘助暂且抛开了关于由布姬的思绪。如今该是劝说主公以诹访为立足之地，进而攻略信浓一带的时候了。

第四章

来到古府的由布姬,被安置在位于武士宅所一隅的板垣信方家中。

虽然山本勘助许下承诺,一定要说服由布姬嫁与晴信做侧室,但由布姬却没有一点儿要答应的样子。由布姬来到古府已经约莫一个月,此间勘助曾数度前往信方宅邸的别院会见由布姬。

此时,由布姬坐在走廊一侧,正把脸朝着草木茂密的庭院发愣。见勘助到来,由布姬用手将垂落于肩上的秀发稍微向后拢了一拢,抢先说道:

"若还是前次所言之事,我已经没有什么可以奉答的了。"

"若是您不愿意的话,我也不会勉强相劝。"

勘助正坐①于庭院之中,如此回答。

----

① 正坐:席地而坐时,双膝着地,将臀部放在脚跟上,上半身挺直。双脚大拇指彼此接触,微叠在一起。手放在大腿上。这是最为正式的坐姿。

"您家主公杀害了我父亲，便是我的仇人。诚如您所言，在这不是杀人就是被杀的时代，倘若您家主公没有杀死我父亲的话，我父亲或会杀死您家主公。兹事盖因父亲武运不济，故我并不十分记恨在心。但，唯有成为那个仇人的侧室一事，我却无法应允。"

此言自十五岁少女口中说出，确是令人感到几分意外。

"但是，您既然放弃了自尽，想要活下去的话——"

"您是想说，即使是遭受那样的耻辱，也不得不如此吗？"

由布姬清澈的双眼充满了怒火。

"放弃自尽而要活下去，是想要能如自己所愿那般生活。早知要成为杀父之人的侧室的话，还不如那时死了为好。"

"诚然如是。"

勘助觉得，与这位聪明伶俐的少女交谈，乃是一件快事。

"您想如自己所愿一般生活，这诚然无可非议。不过，请您务必将心胸放宽。请恕在下直言，公主您现时虽独自一人，但作为女人而言，您所祈愿的生活，无非阖家和睦，早日产下一男半女。若公主您产下的子嗣体内，既有武田家的血脉，又有诹访家的血脉，岂非再好不过。既然是公主您的子嗣，必定聪明过人，这是不言而喻的。此子日后当会如何，全凭公主您的心意。在下此言，还望公主仔细斟酌。"

勘助说罢，抬头面朝由布姬。此时，由布姬犹如被什么附体一般，呆呆地望着空中，神情茫然。

"两三天后，在下再来拜访。"

语毕，勘助就此自由布姬身前退下。

翌日，山本勘助在城中晋见晴信，晴信问起由布姬之事。

"之后，公主情况如何？"

"公主十分欣喜。"

勘助回答。稍顷——

"不过，也要顾及夫人这边的体面。此事也请暂且交给在下勘助来处理罢。"

勘助又道。

晴信的正妻三条氏，约莫比由布姬年长一轮①，今年已是二十六岁。三条氏与晴信已生下两个男孩，即九岁的义信与六岁的龙宝。由于正妻三条氏的存在，就算作为家督的晴信，亦无法大张旗鼓地强行纳由布姬为侧室。

山本勘助不喜欢三条氏，也不喜欢她的两个孩子。长子义信虽然还是一个小孩，但那因孱弱多病而面色苍白的脸

---

① 一轮：原文"一廻り"。与我国相同，按十二支纪年，每十二年称为一轮。

上，却总是浮现出阴郁黯淡的表情，一见之下只觉其器量狭小，终究不是能够继承其父晴信家业的人物。义信偶在宅邸走廊上见到勘助时，总要去模仿他那奇特的走路姿势，勘助走到哪里他就跟到哪里。有时义信还会学着大人的样子，勘助总觉有些讨厌。

弟弟龙宝虽资质尚佳，可惜自出生起便双目失明。

勘助觉得，晴信与由布姬的结合，对武田家来说是十分必要的。如此聪明伶俐的由布姬所生的孩子，必定具有继承武田家的相应德行与才干。虽然当前问题在于如何说服由布姬，不过勘助仿佛成竹在胸。

两三天后，勘助再次来到由布姬的居所。

"您考虑得如何啦？"勘助询问。

由布姬却不回答，倏地反问道：

"您是站在武田家一边呢？还是站在诹访家一边呢？"此话实在是单刀直入。"您究竟是为哪一方考虑呢？"

说话时，由布姬脸上约略浮现出轻蔑的神色。不待勘助答话，由布姬冷然又道：

"今天我心情不大好，您请退下罢。"

语毕，由布姬转身进入房间。勘助此刻感到，要说服由布姬并非易事。不过这也难怪，要让一位十五岁的少女理解自己这个年逾五十之人的梦想，确是至难之事。

勘助辞过由布姬，正要走出板垣信方家门之际，忽见晴信正室三条氏在数名侍女的随同之下向板垣宅邸行来。

勘助吃了一惊。三条氏为何来此，其目的不言自明。勘助只好立于门口一侧，低头施礼迎接三条氏。

"勘助，正好在这里遇上你。我听说你将一个继承了诹访家之血的女子带来古府，匿于此处。可有此事？"

三条氏近前问道。

"嗯。"勘助含糊其词。

"若是人质的话，便应该如人质那般对待。我可不允许有人干出什么越轨的奇怪事情。"

三条氏脸上渐渐浮现嫉妒之色。

"人质的话，在下的确看管着一位。"勘助回答。

"不能让我见一见吗？"

这可难办了，勘助暗自想道。一面口中说：

"院中杂乱，还请稍待片刻。"

语毕施了一礼，转身返回由布姬所居别院。

"请暂且藏匿一下吧。"勘助对由布姬说。

"我为何要藏匿？"

由布姬静静地问道。

"夫人来了。"勘助回答。

"那就见见她吧。"由布姬说。

"在下认为，还是不见为好。"

"为什么？要避而不见的应该是她吧，父亲被杀害的可是我！"

由布姬态度十分强硬。虽然家门已亡，但体内名门诹访家之血此刻使她的脸充满生气。她眼神清澈明亮，脸颊紧绷，神色凛然。

勘助呆然凝视着这位美丽少女的面庞，心底生出一种想要支配这倔强少女一切行动的欲望。或许是一种对立的感情吧，勘助如此想道。

"好的。在下这便去引领夫人过来。"勘助表情从容。

勘助起身出去，稍顷，与三条氏及随同的侍女们一道返回。三条氏来到走廊前：

"这位便是诹访家的小姐吗？"

三条氏久久地俯视着由布姬略微低头施礼的面庞。

"为了成为杀父者的枕边之人，不辞辛劳，远道而来。对于亡国之事，确是未死心啊。"

冷冷地抛下这番话语之后，三条氏转过身去，头也不回地离开了。

三条氏离去之后，由布姬仍然静静端坐，俄而抬起头来，缓缓说道：

"的确。对于亡国之事，确是未死心啊。"

由布姬顿了一顿，又说：

"就如您所言，将这诹访之血注入武田家吧。虽说此后当会如何，我也无法预料，不过，或许我活下来，便是为了此事。"

倏地，无法遏止的泪水自由布姬美丽的面庞落下。一旁勘助那没有焦点的眼睛，默然地注视着此时发生的一切。

晴信灭掉诹访氏后，便以诹访一地为据点，开始蚕食四邻之土地。天文十五年①三月，晴信军与村上义清军对峙于信州②户石城下。村上义清乃是北信③一地的豪族，本处葛尾城，户石城乃其属城。

晴信率军出古府城，是三月八日辰时④之事。此时正值樱花散尽之季，晚春的阳光已然渐带初夏的意味。

自古以来，武田家每于赌上家运兴衰的大战之前，便会携带本家世代相传的家宝——诹方法性之旗与孙子之旗。此番出阵，大军自古府城下向西行去，这两面旗帜亦随着晨风猎猎摆动。一面旗为赤色绢地，上以金粉书写"南无诹方南宫法性上下大明神"一行大字。另一面旗则为青色绢地，其

---

① 天文十五年：公元1546年。
② 信州：信浓国的别称。
③ 北信：指信浓北部一带。
④ 辰时：相当于上午8点。

上同样以金粉书写"疾如风徐如林侵掠如火不动如山"两行大字，每字均尺余见方。两面旗帜都是长达一丈二尺有余的大旌旗。此外又有几百面靠旗插于武士们的背上，随风翻飞，将这两面大旗围于其中。这旌旗的集团昼夜兼程赶往诹访湖畔，随后北上，二日后抵达小室。

晴信在进攻户石城前，为防四邻之敌入侵甲斐，将军队与诸将分别配置于诹访、盐尻口、笛吹岭等地，以防范伊那、木曾与关东的敌军。尔后，晴信方才自率四千余人马向户石城进发。

户石城虽是一座小小的山城，要攻下十分容易，但必须提防为救援户石城而来的村上义清的援军。为此，这仅有的四千兵士，却还不得不分为两路：一路进攻户石城，一路抵挡敌方的援军。

就在即将攻城之际，果不出所料，斥候来报村上义清率军七千六百前来援救。于是甘利、小山田、横田诸队立即赶往城北迎击。两军相逢，战斗立时展开。这边晴信率领本队人马，于城西开始进攻户石城。

此战中，勘助隶属晴信本队，率领二十五名足轻，坚守本阵①。战斗开始不多时，勘助心里便隐隐担忧。仅凭四千人之力便来攻取户石城，原本就颇为勉强，此时却又兵分二

---

① 本阵：战阵中大将所在的营地。

路，加之阵形亦不利，实在教人无法乐观。

若是对勘助最为亲近的板垣信方在场的话，当可通过他劝说晴信，一开始便拆开阵形向后撤退。无奈信方固守诹访，未能参与此战。若是晴信直接询问自己的意见，理所当然的，自己亦会建议后撤。但既然晴信尚未询问，自己也只得固守本分。因为决定要强行进攻户石城的，正是晴信本人。

此战自辰时开始，不到半刻，便进入了敌我难分的混战状态。甘利、横田、小山田诸队，一开始便被数倍于己的敌人压制，苦苦支撑。

在村上军中，有一骑于战场之上纵横捭阖，十分醒目。此人孔武有力，乃是一位勇猛的武者，正是连甲斐亦闻其名的小岛五郎左卫门。此人骑着一匹格外高大的战马，手中挥舞一杆大身之枪，那姿态就连作为敌人的武田军也觉英勇飒爽。这时，武田军中一位年轻武士拍马向小岛杀将过去，乃是横田备中守①的养子彦十郎，年方二十三岁。与小岛相比，彦十郎未免显得过于纤弱了些。

两人交战不过两三回合，忽然双双落马。未几，自地面站起身来的，竟是彦十郎。此结果顿出众人意料，均觉不可思议。

---

① 横田备中守：横田高松，武田家臣之一。备中守是官位。

彦十郎的武功立时传到晴信本阵。

"斩杀了敌将小岛五郎左卫门吗?"

晴信甚是高兴,仿佛认为这是吉兆。

"杀了小岛一人,又能怎样呢。"

勘助说。勘助认为这种一对一的厮杀很愚蠢,就连小岛这远近闻名的勇猛武士,不也战死了吗?在这战场上,个人的武力是不足以信任的,战斗中最关键的地方全不在于此处。勘助如此认为。

勘助此话让晴信感到不快。

"杀死小岛一人,可抵得上杀掉数百普通敌兵。"

晴信说。勘助没有回话,自顾自地说了一句:

"危险了。"

此话甚是唐突,周围众人一时未能理解话中之意。

"什么危险了?"晴信责问道。

"甘利大人、横田大人,都处于危险之中。"

"这里不是无法看到战场吗,你怎知危险?"

"我勘助看得很清楚。"

说此话时的勘助,脸上表情全无平素的丑陋,而是如神灵一般的敏锐。

甘利备前守与横田备中守阵亡的消息传到本阵,是约莫一刻之后的事情。

与此同时，失去主将的甘利与横田两队开始混乱，无法保持阵形，眼看就要溃败。此势亦逐渐波及攻击户石城的军队。

见此情形，晴信即刻派出旗本众①，以图维持各队阵形。无奈此举收效甚微，武田军的溃败之色已渐渐浓厚。

于是，晴信与先锋小山田队②和后军诸角队③取得联系，将全军合于一处，以期对抗敌军。正当晴信跨上马背，欲亲自率领本队加入战阵之时，勘助在一旁说道：

"总大将亲自率军突入敌阵，却不知于战事有何益处？"

"此举不是迫于无奈嘛。"

"您已经有战死的觉悟了吗？"

对此晴信默然不语，勘助此时觉得晴信毕竟还是过于年轻了些。

"保全此身，对于取得最终的胜利是十分重要的。诚然，士卒们相继战死，无法不引起您的愤怒，但这愤怒或会招致您作出轻率之举啊。"

晴信听罢此言，从坐骑之上俯视着山本勘助那矮小的身躯。对于这个其貌不扬、不知是无知还是聪明，却总是沉着

---

① 旗本众：这里指战斗中与大将同处本阵，担任护卫之职的部队。
② 小山田：小山田信有，武田家臣之一。
③ 诸角：诸角丰后守虎定，武田家臣之一。丰后守是官位。

得令人讨厌的异相之人，晴信忽然感到他比任何近臣都值得信赖。

"你有何对策吗？"

"有。"

"有何办法可以摆脱目前的困境吗？"

"要想取得此战的胜利，只有一个办法。请将诸角队中的五十名骑兵交给在下勘助指挥。"

勘助的请求得到应允。于是，他立时率领这五十骑奔驰迂回约一里之地，在村上军的背后出现。

"诸君此时须有舍弃生命的觉悟，向敌阵中奋力突击穿行。仅仅穿过即可，毋须特意杀他一兵一卒。我勘助先行一步，诸君随后跟上！"

说罢，勘助与五十骑以利剑之势突入敌阵，自背后将村上军一分为二。

这五十一骑目不斜视，只管于敌阵中突进，突进。勘助暗忖：只要能将敌阵搅乱便足矣。敌阵一旦混乱，以晴信的年轻气魄及舍身一搏之决心，必能将己方崩坏的阵形重新恢复。

勘助一骑当先，弓身伏于马背之上，手中太刀左右乱舞，只是纵马狂奔。他此时一心扰乱敌阵，无论敌军出现多么小的骚动，也必定不会逃过晴信的眼睛。晴信定会率军击敌之隙，一举挽回颓势的。

勘助一面突进，一面回头望去，宛如黑色奔流一般的五十名骑兵紧紧追随自己身后。

突然，勘助听得四下里嘶喊声不断，定睛一看，方觉自己所在之敌阵犹如捅了蜂窝一般，乱作一团。遥见前方丘陵之上，武田军本阵的"风林火山"旌旗大幅摇曳，并急速移动着。不知此时是午前还是午后，阳光斜照于旌旗之上，泥金文字不时光芒闪动，十分耀眼。

喊杀声自武田军一侧传来。勘助引领五十骑，穿越敌阵之后，又立时掉转马头，再度突入阵中。毋须杀死一个敌兵，只要将拦于面前的敌人砍翻即可。当此时，厮杀之声、号角之声、太鼓之声四下轰鸣，铁炮①的枪声亦交织其中。

不知何时，勘助自颠簸的马背上被远远抛出，落在松树大根一旁，额头渗出的鲜血迷住了双眼。勘助想要抬起右手将血拭去，却无法动得分毫，不觉身上已然受创十余处。

因为勘助的作战方策，武田军得以转守为攻。阵形已经溃乱的村上军在武田军骑兵的冲击之下，终于无法支撑，大败而逃。此战武田军折了七百二十一人，取得敌人首级一百九十三枚。虽说相较之下，武田一方损失远远大于村上军，然而此时，胜利的欢呼声却自武田军中如雷鸣一般轰然

---

① 铁炮：原文为"铁砲"，此处指火铳。

响起。

由于户石城一战的功绩，山本勘助知行升至八百贯，下辖足轻七十五人。

户石城一战约莫一月半之后，由布姬生下一个男孩。

那时，由布姬已搬到位于居城背后丘陵山腰的别馆居住。勘助得知由布姬产子的消息，立时动身来到别馆拜贺。此时除勘助之外，尚无他人来过这里。

勘助被引领至由布姬的寝间，只见由布姬脸朝天棚，静静仰卧榻上。勘助方要出声恭贺，由布姬忽然开口：

"如你所言，生下了一个继承了武田与诹访两家之血的孩子。虽不知这孩子今后命运当会如何，但此时正在这里呼呼地睡得正香呢。"

说罢，由布姬低声笑了一下。

勘助抬起头。他无法判断由布姬的笑声是发自内心的笑，还是低声的哭泣。笑声停止之后，他亦无法从由布姬脸上的表情看出她是喜悦还是哀伤。

"诹访领主大人的诞生，实乃天大的喜事，属下在此恭贺。"

勘助道贺方毕，由布姬缓缓道：

"你也感到高兴吗？将家父骗到这里，将他害死的，不正是你吗?"

"是。"勘助感到无言以对,由布姬此言乃是事实。勘助直到此前还一直以为由布姬尚不知道出谋划策除掉她父亲的人正是自己,此刻由布姬的质问猝不及防,勘助立时呆然。

"不过,此时我也只是想把这事说一说而已,心中并无怨恨,你不必放在心上。那么,这孩子可就拜托你了。"

由布姬一面说,一面将脸转向勘助这边。

"是。"

"你可明白吗?"

"什么?"

勘助此时感到身体在微微颤抖,这颤抖无论如何停止不下来。不仅两膝,就连放在膝上的双手也抖个不停。

"我想,将来让这孩子继承武田家。"

由布姬毫不怯懦地说道。

勘助吃了一惊,不由四面张望了一下。

"我可是把自己的这副身体如你所言那样托付给了你。你教我活下来,我便活了下来。教我来甲斐,我便来了甲斐。教我嫁给主公做侧室,我便做了侧室。教我生下孩子,我便生下了孩子。"

说到此处,由布姬顿了片刻,又道:

"这孩子,可就拜托你了。"

勘助辞过由布姬，出了别馆，沿着丘陵的缓坡下到居城东侧。由田圃相隔而望的对面山坡之上，杜鹃花①已然满开。远远望去，全山仿佛正在燃烧一般，景色绝美。和煦的春风自西向东轻轻吹拂，这个时代罕有的无战事的一个月就快过去了。

这天，勘助去向晴信道贺，恭祝孩子的出生。

"如此一来，诹访一族的怨恨必能解消。还请早日将小少爷立为伊那、诹访一带的领主，这是十分重要的事。"

勘助如此说道。勘助建议将由布姬所生的孩子安顿在伊那，是为了保护这个婴儿、使之远离周遭众人的猜疑所采取的必要措施。且如此一来，对于伊那、诹访一带人心的安定也极为有利，对武田家来说此举确是非常适当。

由布姬所生之子被起名为四郎。晴信正室三条氏生了义信、龙宝二子，按理说这第三个男孩应该起名为三郎才是顺其自然的事情，却不知为何叫作四郎。

板垣信方自诹访来到甲斐拜见晴信时，曾将此疑惑说与晴信听。晴信诡秘地笑了笑，却不回答。隔了片刻，才说：

"这事你去问勘助好了。"

信方把勘助叫到自己位于古府的居宅中，向他询问

---

① 杜鹃花：日文中汉字写作"踯躅"。这也是武田家居馆名为"踯躅崎馆"的由来。

这事：

"是你建议主公给这个男孩起名为四郎的吗？这是为何呢？"

"在下认为，最近或有必要为主公寻找一位三少爷。"

"三少爷？"

"是的。在下认为，为武田家迎来一位养子，乃是迫在眉睫的事情。"

"养子？从哪里迎来呢？"

"我也不知。或许是北条家，或许是上杉家，总之大概是这两家的其中之一罢。迎来养子的话，年龄尚且不论，若是将侧室所生的孩子置于其上，对方必定会大为不快。因此，既然要迎来养子，那么这点措施还是十分必要的。"

勘助对养子的考虑，无疑全是从政略的角度出发。

"北条家吗？"信方问。

"说不好。"

"上杉家吗？"

"不好说。"

"武田家的三郎，究竟会从哪里来呢？"

"这两家的话，无论哪一家都不错吧。"

勘助正襟危坐，如此说道。板垣信方的身体微微颤抖。

山本勘助来到久别的骏河今川氏城下,拜会庵原安房守①,是一个多月之后的事情,此时天气已渐渐炎热。表面上看,勘助向晴信告假一段时日前来骏河,是为了拜谢故人昔日资助照应的恩情。然而实际上,勘助此行却另有目的。

---

① 庵原安房守:庵原忠胤。

第五章

山本勘助来到阔别三年之久的骏府城下，是在天文十五年的五月末。

勘助入得骏府城，径直来到庵原忠胤的榉屋敷拜访。此时忠胤对勘助的态度，比起从前约略郑重了一些。

"你在甲斐的诸般事迹，就连骏河这地方也有所耳闻。得遇可事之主，确是一大幸事啊。"

忠胤寒暄了几句，随即仿佛试探似的询问勘助：

"晴信的器量如何呀？"

忠胤此举，似乎还有将勘助当作自己派往甲斐仕官的家臣的意味。然而勘助却与三年之前全然不同了。回忆起当初去往武田家仕官之时，竟有在今川家也领取一份俸禄的心思，勘助自己都觉得难以置信。

"晴信公乃是政道贤明的有名武将。作为名将来说，招纳贤才决不会拘泥于外表，将深谙武士之道、智略与武略兼备的人才纳于麾下，才是第一要务。在下于短短三年之间，

077

即领有八百贯知行，晴信公之器量可见一斑。"

勘助如此说道。

勘助曾在此地淹留九年，因而对终究没有任用自己的今川家毫无好感。过得几年，以武田家之力，或许会将这今川家击败并征服。不过在那之前，武田家却不得不与今川家结为盟友。

"此番前来，不为别的。眼下晴信公生有两位男孩，明白说吧，那义信实在不是武人之材，而龙宝却又是一个盲人。为了武田家的将来，晴信公希望有一位养子。"

"因此希望从今川家过继一位吗？"

"无论几岁均可，过继之后，会将他以第三子的身份养育成人。"

"实在不巧，没有这样的人选啊。"庵原忠胤说。

"侧室所生的孩子也没有吗？"

"没有。"

勘助原本也知道，今川家中并没有作为养子过继给武田家的合适人选。不过，不一定非得是正妻的孩子，侧室所生亦是无妨——勘助如此打算，故而来忠胤处了解情况。

"你便是为此事而来吗？"忠胤笑着说道。

勘助默然不语。

勘助辞过忠胤，出了榉屋敷，来到安倍川附近自己曾居住了九年的寺庙，打算在此宿泊一晚。

此间有一位当年曾经拜访过勘助的今川家年轻武士，得知勘助来到骏府，或许因为怀念，特地过来拜会。当他进入房间之时，看到勘助默然端坐一隅，不由得愣了一愣。

"老师，您在考虑什么呢？"年轻武士问道。

"这十年之内，务必要使北条、今川、武田三家联合起来，你看要怎样做才好？"

勘助反问。

"这个……"武士有些不明白，"为何要说十年之内呢？"

勘助回答："你不明白吗？武田必须得跟上杉交战，而今川则急于西上进京。至于北条嘛，他们在关东地方的战事可一直没有停歇。"

"十年以后呢？"

"那个时候，也许不得不相互厮杀了吧。话说回来，如何保住这十年之内的和平呢？"

"不知道。"

"其实很简单。武田、今川、北条三家，各有子女，让他们相互结亲便是。"

"此事能办到吗？"

"武田家的义信、今川的氏真、北条的氏政，均是十来岁年纪。若是义信娶了今川家之女、氏政娶了武田家之女、氏真娶了北条家之女——"

勘助说话之时，脸上毫无笑意。他忽然想到武田家尚缺的三男，或许不得不从北条家过继一位。若是武田家将女儿嫁到北条家的话，作为人质交换，须得从北条家要一个男孩过继为养子才是。

"或许过不了几年，便会是如此局面了吧。"

勘助说道。不过，此事当然越早越好。如此一来，武田家与今川、北条两家结为盟友，免却了后顾之忧，便当全力进攻上杉。至于与今川、北条两家交战，则是后话了。大概会是由布姬之子——四郎胜赖成年之后的事情了吧。

那年轻武士稍坐了片刻便告辞离开了。或许是勘助老是沉湎在自己的想法之中，使得年轻武士搭不上话。在这年轻武士眼里，此时的勘助全然不似三年前的勘助了，仿佛成了另外一个人。已然五十四岁的勘助，比以前更加沉默，更加令人难以亲近。

不过对于勘助来说，此时此身全无挂碍，就算战死沙场亦无所谓。他的心中没有丝毫对死亡的恐惧。在他心里，充满了对晴信这位年轻武将的敬仰之情，充满了对其侧室由布姬的爱慕之情，以及对这二人的孩子，刚刚出生不久的四郎胜赖的关爱之情。在这甲斐与信浓的山野，悠久而壮丽的梦想正在驰骋着。这正是他人无从知晓的、异相之人勘助一人所持有的梦想!

当夜,他心里怀着承载这梦想的胜赖那小小的躯体,沉沉睡去。

自三月初在户石城一战中大败村上义清军以来,古府城下一直持续着这战乱之世罕有的平稳生活。春去夏至,夏去秋来,没有战事喧扰的平静日子,不仅来到了这古府城下,也来到了以其为中心的甲斐群山之中的各个村落。

然而,虽然没有战事,天灾却多有发生。自七月五日凌晨起,一场暴雨连续下了三天三夜也未停歇,甲斐一带普遍发了洪水,不仅四处的田地与作物被水冲走,就连古府城内晴信居馆背后的丘陵,也出现了宽达三十余间[①]的大山崩。

接着,七月十五日的夜里又刮起了台风,各地的稻田蒙受了相当大的损失。翌日清晨,望着狼藉的田地呆然而立的百姓们的身姿随处可见。

这两场天灾带来的影响于秋后渐渐显现。饿死的人数从未如此之多,物价也以恐怖的速度飞快上涨。虽然没有战事

---

① 间:长度单位。平安时代时,1间约为10尺;至15世纪末时1间约为6尺5寸;德川幕府于1649年将1间的长度规定为6尺。

袭来，甲斐的山野亦是一片惨淡景象。

九月九日重阳节这天，武田家的诸将齐聚于古府的居馆。大厅里插满了菊花，列于厅中的武将们面前摆着酒与栗饭①。与新年一样，晴信与武田一族的重臣们聚在一起，共度佳节。只是这回却少了于户石城一战中阵亡的甘利备前守与横田备中守两位宿臣。此番作为宿臣出席的，只有饭富兵部少辅、小山田备中守及板垣信方这三位，不免显得有些寂寥。

饭富与小山田二将，自三月的户石城一战以来，一直屯兵驻守北信一带，以防备村上再次出兵，这天可是专程前来古府。板垣信方亦是特地从驻守之地诹访赶来。席上，武田一门的武将包括左马助信繁、孙六信廉②、右卫门太夫信龙③、穴山伊豆守信良④等人。此外，作为武田家中坚力量出席的，乃是一干新提拔的武将，亦即马场美浓守⑤、山县

---

① 栗饭：栗子与稻米混合煮成的饭，多为秋季的时令食物。

② 孙六信廉：武田信廉。信虎的三子，信玄的三弟。孙六是其乳名。出家后号为逍遥轩，因此又称为武田逍遥轩。

③ 右卫门太夫信龙：一条信龙。信虎的第八子，信玄的异母弟。

④ 穴山伊豆守信良：穴山信友。其妻乃是武田信虎的次女，因此信友亦属武田一门。

⑤ 马场美浓守：马场信房，武田四名臣之一。后来领有民部少辅的官位，因此又被称作"马场民部少辅"。人称"不死的鬼美浓"。

三郎兵卫①、内藤修理②、秋山伯耆守③等年轻人。均是累代出仕于武田家的名门后人。

席间，饭富、小山田二将仔细地报告了武田家目前之敌村上义清近日的动静。

村上义清自户石城一战大败以来，虽偃旗息鼓，行事低调，却不似就此退却之人。不久以后，必定会再度兵戎相见。时间或许会在来年春天，亦即信浓积雪融化之时。在这一点上，饭富与小山田二人有着共识。

"大概到来年春天为止，这段时间不会有战事。在那之前，我们亦要作好万全的准备，务必在此战中一举取得义清的首级，以绝将来之患。"

饭富兵部此言，众人听罢皆无异议，于是开始讨论到来春的这半年间当如何训练士兵的问题。

然而此时，坐在晴信对面右侧中间席位的勘助突然出声："请容我一言。"说罢深深一礼，抬起头来，继续道：

"年内将有战事发生，或许就在明日亦有可能。"

---

① 山县三郎兵卫：山县昌景，武田四名臣之一。山县昌景本姓饭富，是饭富虎昌之弟。这里的"山县三郎兵卫"是原文，而实际上，此时昌景尚未改姓作"山县"，应仍是叫作饭富三郎兵卫昌景才是。

② 内藤修理：内藤昌丰，武田四名臣之一。官位为修理亮，因此称"内藤修理"。

③ 秋山伯耆守：秋山晴近，武田家臣。后来改名为秋山信友。俺称为"武田的猛牛"。

此言既出，满座诸将的视线顿时如利箭一般集中到了勘助那矮小的身躯之上。

"关于村上军的动静，有谁能比饭富大人与在下更加清楚吗？"

小山田备中守责问道。

"敌人并非是村上军。"

"若不是村上军，那么能够挑起事端的强敌，这四邻之中，却看不到有谁。"

"在下勘助亦无法判明敌人究竟会来自何方。在下只是觉得，一定会有人认为要袭击武田家的话如今乃是绝佳时机。今年春天的户石城一战，我军虽然大破村上军，但甘利大人与横田大人却战死沙场，加之兵士死伤逾三千人，兹事料想已传遍四方。此外，虽说饭富大人、小山田大人的武名之高毋庸置疑，但两位为钳制村上军而驻扎于北信之地无法离开。而余下众将——恕我失礼——均官职不高，就连能够统领百骑骑兵之人都没有。加上近日的天灾……若此时有人率领大军突袭甲斐的话——"

勘助一面说着，一面抬起头来看着晴信。在勘助心中，这一番话乃是对晴信本人而不是对周遭众人所言。

"你是说，此乃燃眉之急了吗？"

晴信笑道。

"是的。"

"武田家会灭亡吗？"

"须得如此考虑才行吧。或许此时敌人正向甲斐奔袭而来呢。"

"袭来的会是谁呢？"

"不知道。虽不知会不会有人这般考虑，但若是有这样的敌人，且对方一心想要灭亡武田家的话——"

这时，"有这样的敌人吗？"有人大喝道，此人乃是穴山伊豆守信良。

"无论今川氏或是北条氏，虽然都与我们接壤，但若说要立即向我们动兵的话，也未免太急了些。"

此时晴信仿佛在思考着什么，站起身来。

"若是有这样的敌人的话——"

说到这里，晴信骤然停住言语，转身步入后堂，却并不像扫兴而去的样子。

勘助认为，此时晴信一定在思索，若有敌人来袭的话，究竟会是谁。晴信一定正在头脑中描画这假想敌的形象。

晴信离席之后，厅中立时冷了场。

虽然户石城一战中，勘助以其方策将己方的颓势一气挽回，如今谁也无法不对勘助多几分敬意，但勘助在这席上的态度却着实令众人不快。他那些话语任谁听来都是极为不逊的。

这时，板垣信方圆场道：

"勘助，可是酒喝多了满口胡言吗？好，有意思！我板垣信方便跟你打个赌。若是年内有了战事的话，我信方部下里的勇猛之士，可随勘助任意差遣。只是，若是你输了的话，又当如何呢？"

信方此举，是想把勘助的话当作酒席上的戏言，然后不了了之，化解僵局。岂料勘助立时严肃地回答：

"在下勘助，可以这一条性命来担保。"

这可是赌上了性命的事，无法成为戏言了。实际上，勘助这话并非是在回答信方，而是说与信方以外的诸将来听的。

"你这个笨蛋，竟然把重阳酒宴的雅兴一扫而空了。"

信方苦笑道。然而此时勘助的耳中，却似一片干戈之声、号角之声、战鼓之声响起，数百骑兵汹涌越过丘陵地带，飞驰而来。

若是自己一心想要灭掉武田家的话，断然不会放过现在的机会。若现在不动手，这时机可不知何时才会再来。难道如此考虑着的人，这世上一个也没有吗？这可是不吞并别人就会被别人吞并的战国乱世啊！

战事的阴影逐渐逼近。然而，敌人到底会是谁，勘助亦无法清楚判明。或者是今川，或者是北条，或者是长尾景虎，甚至也可能就是村上义清。无论是谁攻来，也不会是多么不可思议的事情。

散布在武藏、上野一带诸城砦①的势力聚集在上杉宪政麾下，成为一支总兵力二万三千的大军，自笛吹岭向武田领内猛攻而来，乃是九月末的事情。此时距勘助作出预言的重阳节那天尚不足一个月。

来自驻守信浓的真田弹正忠幸隆②处，请求紧急向上州发兵的快马，在潇潇秋雨之中突然来到古府。最初的一骑刚从马上下来，便被一大群武士拥入城内。然而第二骑快马到时，不知何故，马上的武士竟然不见踪影。马背上插了一根羽箭，吃痛狂奔至居馆背后的丘陵。这情形任谁看来，都能感觉到事态的严重。

那以后的一刻之内，城中各个番所都响起了紧急召集的太鼓之声。声音之中隐约透出一种惊慌的意味。

此外，各个路口的篝火相继点燃，自相木、芝田、海野各地告急的快马也次第到达城下。

---

① 砦：寨，小规模的军事建筑。
② 真田弹正忠幸隆：真田幸隆，本是信浓豪族，后出仕武田家。是继山本勘助之后，武田军战略的主要谋划者之一。人称"攻之弹正"。

事已十万火急，不容一刻踌躇。上杉军的来攻，无论晴信还是勘助都没有想到。多年以来，上杉氏一直在关东地方与北条氏康缠斗不休，且往往处于被北条氏压倒的形势。如今却骤然调转枪头，急向武田攻来，或许是想孤注一掷一举将衰败的家运扭转吧。

然则祸不单行的是，此时晴信却因病因不明的高烧卧床不起。于是，重臣会议只得在晴信的病榻前进行。

"谁愿引军前去迎击上杉军啊？"

晴信此问一出，左马助信繁与穴山伊豆守信良二人当即表示愿意当此重任。这并没有什么奇怪的。由于饭富、小山田及板垣三大重臣均固守要地不能轻动，这三人以外，也只有左马助信繁与穴山信良二人能够指挥全军了。

晴信把目光朝向勘助。

"依在下之见，请派遣板垣信方大人领军迎敌如何？驻守诹访的事情，就请交给穴山大人和左马助大人吧。"

"如此的理由是？"

"在下认为，板垣大人近两三年以来一直驻守诹访，对于诹访民心的掌握，想必会比他人更多一些。况且，板垣大人的属下中或许会有深知信浓一带地理状况的人。"

听罢勘助此言，晴信立即说道："好，就派板垣信方去迎敌吧！"

军令一声如山。在这般场合下，晴信的决断总是如此明确而振奋人心。于是，板垣信方就任迎击敌军的总大将，而左马助信繁与穴山信良二人，则带领四名足轻大将作为副手，承担起了驻守诹访一郡的职责。

勘助认为，武田家值此危难之际，应当派遣长于战事的板垣信方迎敌方为上策。虽说若是晴信亲自指挥作战则是万无一失，但此际晴信却又卧病在床，那么能够代替晴信指挥全军的人物，则非板垣信方莫属了。此事无论是交给穴山信良或是左马助信繁，亦觉不够妥当。

勘助得到晴信的允许，作为传达命令的使者前往板垣信方处。今次的合战①难免是一场苦战，但长时间的苦战却并非信方所擅长，这一点勘助是知道的。他想在出战之前与信方见上一面，呈上有助于战事的建议。

勘助于当夜便与数骑快马一同，自古府城下向诹访进发。所谓快马，都是从骑马技巧优秀的年轻武士中选出，而五十四岁的勘助参与其中，却并无丝毫逊色。那是一种奇妙的骑马方式。他那矮小的身躯干脆利落地翻上马背，伏下身来，以好似与马耳语一般的姿势纵马飞驰。这如疾风一般的数骑快马，于翌日早朝抵达诹访城下。勘助下得马来，往地上一坐，便再也无法起身。

---

① 合战：这里指一场战役。

尽管一行人顺利到了诹访,然而同行的快马武士们却怎么也想不通,勘助以那样毫不适宜的骑马方式,是如何从古府坚持到此地的。

"把我抬进城内去吧。"坐在地上的勘助倏地冒出一句话来。于是众人便用门板把勘助抬入城里,送到板垣信方面前。此时信方已然披挂整齐。

"要趁敌军尚未越过笛吹岭之前——"

勘助徐徐说到这里,忽然停住,笑道:

"我累了。"

"你便是为说此事而来的吗?"信方说道。

"我便是为说此事而来。"

"你是想报答我向武田家举荐你的恩情吗?"

"是。"

"你说的这些,我也明白。"

"诚然如是,不过并没有在下勘助那样明白。您只要初战失利,便失去了与敌军周旋的劲头。"

"胡说八道。"

"您迄今为止的战斗我勘助都看在眼里,无论何时都是如此的。"

"胡说八道。"

信方面色略显不悦。对于这个清楚知道自己弱点的怪物一般的老武士，虽说由于亲自举荐的关系，自己待他也比其他人要亲切许多，不过即便如此，自己对勘助也并非一直都持亲切爱护之心。比起亲切爱护来，莫如说时常也会有约略讨厌的心情。

然而此时此刻，面对勘助那率直的言语和满怀自信的面容，信方心中一种信赖感悄然而生。

"要一同出阵吗？"

"若是在敌方全军越过笛吹岭之前交战的话，就不用在下勘助陪同您前往了。"

"真是啰唆，这一点我很明白了！那么，在这里盘桓几日再回去吧。"

信方说道，脸色稍稍有些苍白。

当晚，信方麾下大军的一部分作为先锋自诹访向笛吹岭进发，勘助亦连夜径直返回古府。

为了与自古府前来的军队会合，信方于十月四日亲自率军离开诹访。

此际，晴信的病也稍好了些，便于五日辰时左右率领四千五百兵士离开古府出征。

晴信进军途中，信方不断自前方发来消息。但自十月六日巳时①收到前军已过追分地区小诸城的消息之后，便没有

---

① 巳时：相当于上午10点。

了音讯。过了约莫一刻时分,才传来消息说前军于笛吹岭与上杉军的一部交战,获得大捷,斩首一千二百一十九。此时正值午时①,武田军中响起胜利的欢呼。

翌日,晴信军抵达战场,命板垣信方率军退后,自己亲率由年轻将领们组成的预备军立于阵头,很快与兵力一万六千的敌军展开激战。板垣一部先日的胜利令武田军士气极为振奋。战斗自未时二刻②开始,至酉时③结束,武田军共杀敌四千三百零六人,奏起胜利的凯歌。

当日午夜,在武田军本营的大帐之中举行了庆祝胜利的仪式。这晚风大,吹得篝火闪烁乱舞,火星直向座席下首纷飞。

晴信手握采配④,端坐于马扎之上,一旁的饭富兵部少辅为执太刀之役,右首是执团扇之役的板垣信方,左首则是执白胶木弓与真鸟羽箭之役的原美浓守⑤。

贝之役则由山本勘助承担,他手里捧着巨大的法螺贝。在勘助眼里,此时总帅晴信那眉毛都纹丝不动的面容以及昂

---

① 午时:相当于正午12点。
② 未时二刻:相当于下午3点。
③ 酉时:相当于下午6点。
④ 采配:古代日本武将指挥士卒时的用具。通常木质长柄,柄头密缀纸箔或革布条,挥动时可互相摩擦发出响声。此外,亦有扇子模样的采配。
⑤ 原美浓守:原虎胤,武田家臣之一。因作战勇猛被称为"鬼美浓"。

首挺胸的姿态，比这世间任何一人都要雄伟飒爽。

不多时，小幡织部正①敲响太鼓，这威严的鼓声响彻战场的夜空。

"噢！"

自在座的武将们口中，整齐而高昂的胜利欢呼声铺天盖地响起。

与一众年轻武将们相比，勘助显得格外年老。勘助约略有些伤风，不禁抽啜了几下鼻子。如此一来，自己敬仰的这位武将将要去攻打村上义清了吧。在那之后，便将与长尾景虎对阵了。不过，在那之前，如这次一般的大小战事还会接连不断地发生吧——勘助手捧法螺贝，如此想道。勘助的脸在纷飞飘落的火星中忽明忽暗，在众人眼里，他那异相的面容此时竟有如仁王②一般。

由布姬自来到甲斐之后，初次启程前往谏访，是这天文十五年十一月末的事情。当初来到甲斐之时，正值天文十四年桃花绽放的季节，如今已过去了将近两年的时光。其间的由布姬，生下了一个集武田家与谏访家之血于一身的男孩，这便是胜赖。

---

① 小幡织部正：小幡虎盛，武田家臣之一。
② 仁王：日本寺院门口的护法神，呈忿怒相。

由布姬此行诹访之事，渐渐在坊间传开。有人猜测说这是晴信正室三条氏的安排，也有人猜测说这是针对诹访之地仍旧怨恨武田家的百姓的一种政治策略。总而言之，种种流言，不一而足。

不过，事实究竟如何，由布姬也不知晓。只是某日勘助来访之时曾建议说，趁此时天气尚未寒冷，且携小少爷去观赏一番诹访湖美景如何，由布姬便应承了他。

诹访氏灭亡之后，作为诹访郡代①治理其方圆之地的，正是板垣信方。板垣信方差来使者报告说迎接由布姬一行之事已经安排妥当，由布姬与胜赖便乘坐轿子即刻从古府出发了。

在渐带冬意的甲斐山野之中，由布姬、胜赖与侍女们乘坐的八挺轿子，由数百名护卫守护，长长的队伍朝着信浓蜿蜒行进。第二挺轿子中坐的是由布姬，胜赖被乳娘抱着，在第三挺轿子里颠簸前行。

这两挺轿子周围，有数名身强体壮的骑马武者轮番巡逻，有一位武士则将马身几乎紧贴着胜赖的轿子前进，十分引人注目。正是山本勘助。

先时自信浓前来甲斐，由布姬一路上十分任性，走不多远便要停轿歇息，但这次却并未如此。她独自坐在轿中，任

---

① 郡代：古代日本一郡的长官。

由轿子摇曳前行，不曾将帘子掀起半分。在这不到两年的时间里，由布姬那少女的稚气已渐渐消褪，慢慢成长为一位成熟的女性了。在苍天所赐那熠熠生辉的美丽容颜之上，又增添了雍容娴雅的气度。白净得几近透明的肌肤、丰润的面颊、如黑玉一般浑圆明亮的眼眸，加上笔挺高耸的鼻梁，无一不是如今已然灭亡的名门诹访家代代当主所具有的特征。

两天之后，这一队人马沿着釜无川岸边行了半日，便在韭崎附近的宽阔河滩上稍事休息。勘助半跪在由布姬舆前，静静询问：

"要出轿休息吗？"

"不用了，就这样歇息一下就好。"轿中清澈的声音回答道。

"是否有些累？"

"没有什么要紧，无妨。"

"那么请将帘子稍微掀开一些吧——这是甲斐一国之内风景最为优美的地方，同时也是要害之地。小少爷将来若是筑城，选择这里是上佳之策。"

听了勘助此言，由布姬心中一动，便轻轻用手掀开帘子，华美而洁白的手腕令勘助不禁为之目眩。

"是在哪里筑城呀？"

"在那一座山丘之上最好。"

勘助所指之处远远望去，一片平原之上，却有一座如海中孤岛一般的丘陵，那便是被人称作七里岩的地方。

"釜无川与盐川这两条河流，远远地将这山丘包围其间，且那个方向有人迹罕至的药师、观音、地藏等崇山峻岭矗立。如此一来，此丘一面背山，三面平原，若是在那山丘之上筑城，则平原的情况一览无余。待小少爷长大成人之际，战斗想必多用铁炮进行了吧。在出入不便的狭窄地方筑城于战不利，要犹如此处一般的场所，才是建城的上上之选。并且这山丘四面险峻，不易攀登，确是易守难攻之地。"

勘助实际上也是如此想的。他每每经过这片平原的时候，心中总是想着在这里建造一座城池的事情。无论经过十年或是二十年，这里总会成为甲斐一国的中心。不管喜不喜欢，武田家的大本营总是会移到此地来的。不过，在此地筑城的事，恐怕得胜赖来做了。嗯，必须得胜赖来做。

由布姬默然眺望远方片刻之后，忽然感叹：

"这满山遍野的红叶可真是漂亮啊！"

果然，勘助所指的丘陵被遍山的红叶覆盖，美丽至极。

"那红叶是黄栌树之叶吗？"由布姬嫣然问道。

"这个……"

对于草木之事，勘助全然不知。这红叶是什么树木的叶子呢——女人的心竟然会关心这样的事情，勘助觉得奇妙而难以想象。

"在古府很少看见黄栌树啊，不过在诹访却很多呢。"

由布姬娴静而深情地说道。

"您喜欢黄栌树吗？"

"自小我便瞧着黄栌树叶长大。所以一到这个季节，就想看看黄栌树的红叶呢。"

"从今往后，每年都请尽情地观赏红叶吧。"

"嗯？"

听了勘助的话，由布姬吃了一惊，掀开帘子走出轿来，立于勘助面前。

"勘助，你刚才说什么？你是说我从今往后便住在诹访这个地方了吗？"

由布姬的语气倏地变得严厉起来。

"这即是说，要我离开主公身边，独自住到诹访来吗？难道真是打的这个主意吗？"

由布姬说话之时，虽然从脸上看不出什么表情，但这言语却有如锐利的枪尖那样深深刺入勘助胸口。

"嗯。"

勘助一时不知该说什么好，他无法正面回答由布姬的问题。

"勘助！"

"在。"

"你们不至于要将我置于诹访的板垣信方监护之下吧?"

"绝非如此。"

"那么,好吧。"

勘助单手撑着地面,躬身低首,保持这姿势动也不动。

由布姬的诹访之行是晴信、板垣信方及勘助三人商议决定的。今后,板垣信方将作为由布姬与胜赖二人的保护人,安排二人的生活起居。

这样做的主要目的,是想让胜赖自小住在诹访,与诹访的百姓相互熟悉,借此消除诹访一地对武田氏的怨恨。此外,勘助也有自己的考虑,他认为如此方能保障胜赖的安全。武田一族必定会用异样的眼光来看待胜赖这个身负诹访家之血的孩子,这一点勘助非常清楚。只要住在甲斐,就算胜赖只是刚刚出生不久的孩子,其处境也是颇为微妙的。

由布姬一行到达诹访之时,诹访的百姓不知从哪里听到了消息,在这与甲斐之地同样凋零的冬日田野里排得密密麻麻,恭敬地伏身行礼,迎送这大轿的队伍。

"公主,能看到湖了!"

听到勘助的声音,由布姬将轿帘掀开。队列于是停了下来。这涟漪荡漾的瑰蓝色湖面,立时映入由布姬的眼帘。

"真是美景啊!"勘助感叹道。

"是啊，真漂亮呢！"

由布姬凝神欣赏着诹访湖的美景，不觉寒意袭来，顿时打了一个冷战。

"啊，好冷！"

由布姬说着，放下了轿帘。

此后，队伍再不停歇，沿着偶有水鸟飞起的诹访湖畔径直向高岛城行去。

板垣信方并未将由布姬安置在高岛城里，而是如之前那样，让她前往小坂村落的观音院中居住。因为高岛城是由布姬自小长大的地方，若是让她住在那里，难免会勾起伤心的回忆。

小坂观音院距高岛城，不足一里路程。眼下的观音院殿堂已今非昔比，修缮一新。那原本半农半渔，稍显寂寥的小坂村落，如今却修筑了许多武士居宅和番所。

由布姬在高岛城住了三晚，便启程前去小坂。

这天清晨，诹访地方迎来了今冬的第一场雪。隔着湖面远远望去，不仅八之岳的山顶已成白色，就连湖岸的原野亦被厚厚的积雪覆盖，一片纯白。几近正午之时，由布姬与胜赖的轿子自高岛城出发，沿着湖岸向东边行进。勘助头天晚上便先行至小坂安排迎接事宜，此时他与几位武士守候在观音院前缓坡上的路口处，等待由布姬与胜赖轿舆的到来。

那两挺轿舆已在远处隐约显出小小的影子，却总觉靠不近身前，想必是道路泥泞，行走困难的缘故。终于，这轿舆一行进了村落，在勘助面前停下。

"把房间弄得暖和一些吧。"

勘助向周围的武士叮嘱，然后转头面对轿舆，恭谨地说：

"公主，寒风之中一路劳顿，您受累了。"

轿中却没有任何反应。

"已经到了，请移步下轿吧。"

仍然没有动静。此时，第二挺轿子中抱着胜赖的侍女已经走了出来，站在积雪的地面上。勘助倏地觉得有些不大对劲，上前稍稍地将由布姬轿舆的帘子掀起一角察看。

这一看之下，勘助脸色陡变，立刻将帘子放下。由布姬并不在轿中，取而代之的是在高岛城破城当夜，与由布姬一同被勘助救出来的两位侍女中年轻的那位。此女此时浑身是血倒在轿里，苍白的脸庞正朝着勘助的方向，双手兀自紧紧握着刺入喉头的短刀。

勘助趁周围人等尚未注意，在放下帘幕之时，悄悄将手探入轿舆，轻轻触摸那侍女的额头，只觉尚有余温。勘助于是下令让人就这样把轿舆抬入观音院殿堂。

将胜赖安顿好之后，勘助叫人把这挺有问题的轿子抬进殿堂侧院。勘助脸色煞白,用严厉的口气将众人屏退,确定四下无人,方才再次将轿帘掀开。

"公、公主出了什么事吗?"

勘助的半个身子已探入轿中,抱起那侍女用力摇晃。

"公主呢?! 公主呢?!"

然而这侍女终于没有睁开双眼,就此断了气。勘助只好死心,呆然木立在这侧院之中。此时,细碎的雪花正在空中纷乱飞舞。

勘助寻思,由布姬失踪一事,却不能让任何人知晓。

于是当晚,勘助以由布姬有急事要回高岛城为由,叫人将这载着自尽侍女尸身的轿子就这样从小坂观音院中抬出。此时大雪漫天,未有片刻止歇。雪中除了抬轿的两名脚夫以外,便只有勘助一人骑马伴随一旁。

勘助一行自小坂观音院的坡道下来,到达湖边大路,教脚夫往与来时不同的另一条路行走。一名脚夫提醒这样的话会绕远路,勘助却不听,只是喝道:

"快走!"

如此沿着湖畔走了约莫二町[①]路程,勘助让脚夫停下。

"公主觉得寒冷,你等速回观音院去将暖炉取来。"

---

① 町:这里是长度单位。一町约相当于109.09米。

勘助对两名脚夫说道。二人在大雪之中渐渐走远之时，勘助仔细地留意二人行去的方向。待确定他们身影已经消失，勘助立刻跳下马来，开始着手自己要办的事情。

此地乃是天龙川源头的河口，那有如大天龙一般的河水，便发源于诹访湖，在伊那溪谷间奔流，蜿蜒曲折，进入远方的远江一国。

勘助掀起轿舆的帘子，把那侍女冰冷的尸身抱了出来，便在这齐膝的积雪中，将其拖向湖边。湖面一片平静，只有此处水势汹涌，因落雪而增高的水面激流迸发，水花四溅。勘助抱着尸身立于岸上，凝视河口片刻，身体一歪，奋力将手中的尸身投入急流之中。

年轻侍女的尸身被湍急的水流吞噬的同时，勘助仰面倒在地上。松软的积雪没至他矮小的腰身。勘助抓住耸出雪面的矮竹枝欠起身来。

在两三间远的水边，一时数只水鸟受惊飞起，慌张的振翅声与水声相混杂。一种寂寥感顿时在勘助灵魂深处凝聚。

无论如何，总算是将侍女的尸身处理掉了——勘助如此想道。知道这侍女自杀之事的，这世上唯有勘助自己。然而，由布姬究竟去了哪里？必须在他人觉察之前凭一己之力将公主寻回。可能的话，无论是晴信还是板垣信方，都最好不要知晓这件事。

勘助并非是存心想将自己的过失在被人发现之前遮掩过去。明确说来,勘助此时考虑的既不是晴信也不是信方。这事跟晴信与信方没有关系。就算他们知道了,又能如何呢?能够充分体谅公主的心情,能够站在公主的立场上考虑的,在这世界上唯有勘助自己。公主非得由自己,由我勘助寻找回来不可。——仿佛担心失踪女儿的父亲一般,便是如今勘助对由布姬所持的心情。

不久之后,脚夫们返回。勘助已在轿内放了几块石头,如今添上了一个暖炉,轿子便再次动身。与来时相反,这次轿舆却是沿着去往高岛城的通常道路行进了。

勘助寻思,若两个脚夫察觉轿内有异,便立时将二人斩杀。不过,也不知他俩有没有注意到轿里的情况,只顾默不作声地在大雪纷飞的路上往前走着。这雪不觉已在勘助的头上和肩上堆积起来。

由布姬定然是不愿离开晴信独自居住在诹访,而想擅自回到甲斐吧,因此让侍女代替她坐在轿中。而这侍女虽然作了替身,但总觉此事重大,无法承担责任,只好自尽了。除此之外,应该再无别的合理解释。

轿舆进入高岛城,已是亥时二刻①。入城之时,勘助便打发脚夫回了小坂观音院。在亲自将轿中的几块石头处理掉

---

① 亥时二刻:相当于晚上11点。

后，勘助命哨所的武士把轿子放置在了适当的地方。

如此一来，勘助不得不处理的第一批事情已经妥当了结。勘助随即在哨所给信方写了一封信。信中说公主偶感风寒，一时卧床不起，由在下勘助负责照料，近日无论如何也请不要允许他人前来访问。大概如此意思。

"明日一早请务必将此信交予板垣大人。"

将书信托付给哨所之后，勘助再度上马出了高岛城。

雪依然很大。在如此雪夜之中，公主会在哪里度过呢？无论是失踪的时间还是失踪的地点都不得而知。勘助出了城门，在茫茫大雪中勒马伫立。应该往何处去寻才是呢？勘助无法判断。往日的勘助，无论遇到什么事件，其真相总会自然而然地在脑海里浮现出来，而此番却完全如坠五里雾中。眼下由布姬会在什么地方，勘助心里完全没有任何头绪。

勘助调转马头，向甲斐方向狂奔，所行的正是四五天前与由布姬一同自古府前来诹访的道路。虽然仅仅相隔了四五天，但这一带的景物已然完全变了模样。无论是原野、山岭，还是树木，都被今年的初雪覆盖，于严酷的寒冬之中渐没了声息。

勘助来到距高岛城最近的村落宫川村，挨家挨户地敲打大门。

"公主可曾来此住宿吗？有谁看到过公主吗？若是藏匿

起来的话，可要满门株连啊！"

勘助在每家门前如此狂喝。但凡开门应答的人，莫不被勘助的怒容吓得心惊胆战。他们眼里看到的，却是一个胁挟长枪跨于马上浑身积雪的怪物。这正是身具异相的勘助。他那仿若恶神附体一般的面容，此时带有一股不可名状的杀气。

在如此挨个询问之中，不觉天色已渐明。清晨时分大雪终于停歇，踏在一尺有余的积雪上，勘助自高原地带一直向西南方向行去。每每遇到村落，勘助总会又再挨家挨户地打探。

然而渐渐地，绝望的感觉却愈加强烈，不断吞噬着勘助的心。

公主！公主啊！勘助心中如此呼喊着，一面纵马狂奔。直到几近中午时分，方才在一座小丘背后勒马停住。与此同时，疲劳与绝望在勘助心里交织，他几乎是一个跟头似的自马上栽了下来，摔倒在被皑皑白雪覆盖着的大片山竹丛间。

勘助心中已没有了攻城略地、征战沙场的念头，也没有了辅佐晴信蚕食四邻、问鼎天下的念头。此时此刻，他心里只有恐怖与绝望。那位美丽的公主竟然从这世界上消失，自己亦因此丧失了继续生存在这世上的力气。勘助这时方才深切体会到，自己对那美丽的由布姬的爱意竟是如此强烈。

公主！公主啊！

对勘助来说，由布姬与晴信一样，存在于自己的梦想里面。那是于此世上，勘助唯一拥有的、瑰丽而雄伟的梦想。在这梦想中，晴信固然占有绝对重要的位置，但由布姬的重要性亦不输于晴信。无论欠缺哪一位，这梦想便永远无法成立了。

在山中各个村落几经辗转的勘助，返回昨夜曾经到过的宫川村时，已约莫酉时二刻。自事情发生以来，不知不觉已过去了一天一夜。

夜幕降临之时，路面积雪已然凝结成冰，马蹄因此时常打滑。没办法了，只好先回高岛城，向信方说明事情的来龙去脉，然后出动军队仔细搜索诹访湖周边一带。除此之外，别无他法。

来到宫川村与高岛城两地之间正中所在的时候，勘助不经意地向右侧的杂树林望去，倏地觉得似有点点灯光。当下勘助勒马停住，仔细窥视杂树林方向，那灯光却又消失不见。勘助继续驱马前行，却总觉有什么放不下心来。走了约莫半町路程，勘助调转马头，再度回到刚才的地方。

这次，勘助清清楚楚地看见杂树林中有灯光泻出。于是勘助驱马进入林中，片刻之后来到一条小路上。沿着小路行不多时，面前忽然出现一座小小的庵堂。那灯光便是来自这庵堂中。

虽说是庵堂,但仔细看来,却只是一座仅仅二三人便能挤满的小建筑物,而且已经破败不堪了。若是白天看到它,或会觉得已不成形状,但此时在积雪装扮之下,竟隐约再现庵堂之形。

"有人吗?"

勘助坐在马上,大声喝道。倏地,自庵堂大门木格子之间泻出的灯光忽然消失。

"有人吗?"

勘助再次喊道。屋内依然没有回应。于是勘助把手中长枪掉转过来,欲用枪柄去捅开庵堂大门。此时,庵堂中有人开口问道:

"是谁啊?"

这声音十分清澈悦耳。

"公、公主吗!"

勘助不假思索地冲口而出。短暂的沉默过后,庵堂中人道:

"勘助吗!"

分明正是由布姬的声音,这语气听来格外平静。

勘助立时翻身下马,奔上庵堂前的两三级青石台阶,在门口半跪道:

"公主,您平安无事吧!"

由布姬却没有答话,反问道:

"勘助,你来这里做什么?"

语气中似有责怪之意。

"我可把话说在前头,我要回到主公那里去。我讨厌住在诹访这地方。"

"是。"

"你能答应吗?"

"是。"勘助答道。总之,在没有进入庵堂中亲眼见到由布姬平安无事之前,勘助是无法放下心来的。

"不管什么事情,都包在在下勘助身上。"

"那么,你打开门进来罢。"

勘助推开门,在黑暗中一隅蹲下,自腰间取出火刀火石。壁龛上有一个灯油碟,勘助上前将灯点燃。

由布姬仪态端庄地坐在房间里潮湿的地板上,满头秀发垂落背后,华美和服的下摆在地面铺开。那无与伦比的美貌与气质,即使被大雪困在这庵堂之中,也并未减少分毫。

"公主,其他事情暂且放在一边,无论如何请先回诹访再说吧。到了诹访之后,在下勘助听凭吩咐。"

勘助说道。

"我没法走路了。"由布姬说。

"真的没法走路了吗?"

"脚冻僵了,一步也动不了。"

"原来如此。这样的话,不是也去不了甲斐吗?"

由布姬默然不答。

"您吃饭了吗?"

"自昨天早上开始就什么也没吃。"

自己不也一样吗,勘助心里如此说。虽然勘助自己并不感到饥饿,然而此时身体却仿佛深切地体会到由布姬的饥饿感一般。那无法忍受的感觉直向他压迫过来。

"请务必尽早动身回到诹访,吃些温热饭食才好。"

这时,由布姬异常平静地说道:

"脚冻僵了,肚子饿了——这些并不能算是作为人的痛苦。勘助你是不会明白的。"

"对于在下勘助来说,只要是公主您的痛苦,我都十分明白。"

"不,你不明白!"

由布姬强烈地否定。

"是因为与主公分离两地的痛苦吧。"

"这是其中之一,但并非只是如此。"

说到这里,由布姬顿了一顿,接着说:

"勘助,你可知我为何要离开轿舆,逃到这个地方来吗?

你可知我为何如此想要回到主公那里去吗?"

勘助从由布姬的这番话语中,察觉出一丝阴冷的气息,一时无法开口,只好默不作声。此时,由布姬说道:

"我是想取下主公的头颅。"

"啊!"

勘助大吃一惊,几乎仰天摔倒。他有生以来还从未如此吃惊过。

"您刚才说什么?"

"说多少次也是一样。我想亲手取下主公的头颅。"

这美丽的公主竟然说要趁晴信睡着之时取下他的头颅,勘助身体不禁微微颤抖起来。

"不过,你也不用担心。现在我只不过是想与主公见面而已。"

勘助这才松了一口气。现在只不过是想见面而已,由布姬此话顿时打消了勘助的紧张感。

然而,由布姬须臾又道:

"但是,到了明天,却又想取主公的性命。"

"公、公主!"

"但是,到了后天,却又只不过想与他见面而已。"

"公主!"

勘助恍如在梦中一般不断地连声呼喊着公主。他头脑中已然一片混乱。若不是连声"公主,公主"地呼喊着,只怕要无法支撑自己的身体。

"恐怕,我终其一生,也只会在这两个念头之间不断地徘徊下去。他是杀害了我的父亲,将我据为己有,如今却又抛下了我的那位可恨的主公!然而,他却又是让我生下了胜赖,也曾称赞我可爱的那位主公!"

由布姬呜咽着,身体不断颤抖。勘助呆然凝视着俯伏在壁龛上的由布姬那只手可握的窄小肩膀,一句话也说不出来。

因为由布姬,勘助方才知道,在女人的心里,爱与恨能够交织在一起,毫无矛盾地轮番出现。对于勘助这样的人来说,全然不擅于处理这类事情。

若是将由布姬幽禁在诹访,想必她对晴信的恨意会日益加深。这是必须避免的情况。虽说如此,但若是让由布姬回到甲斐晴信那里,却不知在什么时候什么场合下或会发生可怕的事情。究竟该如何安置由布姬才好呢?此时勘助也拿不定主意。

勘助连劝带哄地好不容易将由布姬从宫川村那破败的庵堂中带回观音院的房间里,却不知今后该如何安排才好。不过不管怎样,一定不能让由布姬回到甲斐。在晴信正室三条氏那嫉妒的眼神与武田家谱代家臣们猜疑的目光之下，由布姬自身或会遭遇不测。总而言之，须得将由布姬安置在诹访，如此方能保证她的安全。至于由布姬对晴信的心情，今后再想办法慢慢引导好了。此外别无他法。

在将由布姬带回观音院的翌日，勘助前来看望。由布姬说有些头痛，将身子靠在榻上。

"脚的疼痛可好些了吗？"

"没有。"

"那可不好办啊，都是因为您干了那样任性的事情。身体还有其他地方不舒服吗？"

"就是觉得有些饿。"

"有些饿的话，您什么也没有吃吗？"

"是。"

"那可不行啊！"勘助吃惊地说。此时，由布姬说道：

"说好了不吃东西的。我们不是说好了在我坐上回甲斐去的轿舆之前什么也不吃吗？"

"您倒是这样说过。"

"我对于说出来的话，是绝对不会反悔的。"

由布姬的态度非常坚决。

"公主，有一事我想听听您的想法。若是您去甲斐居住的话，可就必须得跟胜赖少爷分开了。这事您能同意吗？"

"我同意。"

"您不喜欢胜赖少爷吗？"

"这世上有不喜欢自己孩子的母亲吗？"

"既然如此，就请与胜赖少爷一起住在这里吧。主公随时都会到这里来的。"

"那可说不好。主公的话，只要没有战事，就不会离开古府的。"

"虽说如此，但若是要回甲斐的话，就一定要跟胜赖少爷分开。"

"我会带胜赖同去。"

"别说傻话了！"

勘助大喝，心里一面想道，如今应该是把所有情况都向由布姬说明的时候了。

"胜赖少爷此时千万不可住在古府，因为不知何时就会有生命危险。你还不明白吗？胜赖少爷体内可是流淌着诹访家的血。当然会有人认为，诹访家的血一定会诅咒武田家，给武田家带来厄运。如此的话，万一小少爷遭遇不测——"

"你是说，有人图谋不轨吗？"

"不，眼下尚未看到有这样的征兆。不过，不知在何时、何地便可能会出现有这样企图的人。所以，小少爷务必留在诹访这里。只有留在诹访，才能确保安全。"

听了这话,由布姬那原本就苍白的脸,此时显得更加苍白。她双眼呆然凝视着空中某处,缓缓地说:

"这也是理所当然的。就连我,有时也想把主公——"

"公主!"

勘助再次大喝,将由布姬的声音盖了过去。

"这里可不是山中那小小的庵堂,说话请务必谨慎。"

听了勘助的话,由布姬顺从地闭上了嘴。短暂的考虑之后,低声说道:

"那么就将胜赖安置在这里吧。"

"如此甚好。诹访的百姓们无一例外,都会珍视小少爷的。"

"不过,我还是想回甲斐去。"

"就算您不去甲斐,主公也会经常来到这里。那不是一样吗?"

"主公真的会常来吗?勘助,这事你能保证吗?"

"只要信浓战事不止,主公定然会经常驻留诹访。从今往后的数年之间,这里的战事还将继续下去。还得继续与村上义清争斗。在降服了村上义清之后,便不得不与越后的长尾景虎一决雌雄。这期间,主公的大本营与其说是在古府,莫如说正是在这诹访无疑。"

实际上,勘助正是这样考虑的。今后的数年间,武田氏必然将在这北信一地展开场场苦战。不管情愿还是不情愿,为了由布姬,必须得把武田氏的战略方向指向这北方一带。勘助如此想道。

第六章

正如勘助所料，自那以后，晴信不得不与北方的敌人展开一场又一场激战。不得不与常常怀有南下企图的精悍勇猛的村上义清缠斗不休。

在户石城一战中被武田家击破，尝尽失败苦头的村上义清，回去之后秣马厉兵，于天文十六年①在北信一带又蠢蠢欲动。为了与之相峙，晴信不断派遣兵马北上，他自己也多次居住在诹访，以便于指挥军队。

在这般形势之下，晴信与由布姬之间，波澜不惊地过着平稳的生活。勘助亦时常来到小坂观音院问候由布姬。

"您起居舒适、心情愉快，真是没有比这再好的事情了。"

勘助一面仰视着由布姬的脸庞，一面说道。每次见到她美丽而娴静的容颜，勘助就会安下心来。

"您若是有什么不满意的地方，哪怕是只有一点点，也

---

① 天文十六年：公元1547年。

请务必告知在下。"

勘助试探似的询问。

"也没有什么不满意的地方。只是胜赖身体瘦弱,也有些容易发火,大概是不太适应诹访这地方气候的缘故吧。"

实际上,胜赖这孩子一眼看去,便能察觉出有些气血羸弱的特征。胜赖常常为一些不中意的小事发火啼哭。不过虽是大声啼哭,却也仅仅只是声音响亮而已,一滴眼泪也不会掉下来。那与母亲酷似的匀称面庞变得发青,身体如痉挛一般抖动着,却决计看不到一滴眼泪。

对于这位与常人稍有不同的胜赖,勘助却是寄予了相当的期待。

"小少爷成人之后,必将成为犹如摩利支天①或不动明王②那样的出色武将。即便是如今,亦表现出了与常人的不同之处。"

勘助如此说道。在他内心,也的确是如此所想。

不过,只有在由布姬的跟前,勘助才会这样说。若在他人面前,勘助则会宣扬胜赖到底不是武人之材,不过是一个身体羸弱的小孩子罢了。只因如此方能确保安全。唯有板垣

---

① 摩利支天:梵语中光的神格化。密教中消除灾厄的神明,在日本为武士的守护神。

② 不动明王:密教中的神明,显示忿怒之相降伏一切恶魔。通常左手执剑,右手执索,背后有火焰燃烧。

信方一人，看透了勘助心中的意图。也许由于信方此刻处于二人监护人的特殊立场上，因而信方对由布姬与胜赖亦是持有好感。

于是，板垣信方与勘助两人，于诹访此地侍奉由布姬与胜赖，无形之中便与古府那群围绕在正室三条氏周围的武田家谱代众将形成了两相对峙的局面。

天文十七年①八月，晴信攻下了位于信州佐久郡的志贺城之后，率领一万大军进驻小室城，并滞留在了此处。

村上义清见晴信滞留北信一地，认为这可是罕有的一决雌雄的机会，于是便率领精兵七千出了葛尾城，渡过千曲川。于是，秋风渐起的上田原一带，便成为了两军决战的战场。

晴信听从勘助之言，采取了特殊的作战方策。这就是被称为"布袋之阵"的特殊布阵方式。先锋乃是板垣信方；饭富兵部少辅虎昌、小山田备中守、武田典厩信繁为第二阵；马场民部少辅、内藤修理正为第三阵，即镇守本阵的旗本众；在这旗本众后方约五六町的距离，则是原加贺守昌俊②率领的三百骑骑兵。

战事自八月二十四日辰时开始。板垣信方率领的先锋军

---

① 天文十七年：公元1548年。
② 原加贺守昌俊：原昌俊，武田家臣。加贺守是官位。

三千五百人分为六个梯队，以弓矢与铁炮跟村上军的先头部队激烈地相互射击。

勘助料想，将擅长战斗的信方作为先锋，必定令人十分放心。虽然战况胶着的混战是信方的弱点，但在井然有序的阵地战中，信方的强悍却是无人能及。他会在交战之初便击敌一个措手不及，然后一口气向敌阵压将过去，乘胜追击。今次的战斗便是如此情况。尚不足一刻时分，信方的先锋军便将村上的先头部队击破。信方自己一马当先，领头追击敌人，那气势实在是凌厉至极。

不久，战场安静下来。在那遥远的平原尽头，败走的村上军与追击的信方军之间隔着一段不远的距离，如此移动着。远远望去，一点儿也没有战斗的气息，仿佛一派平静的景象。

然而，就在这之后不到半刻，安置在丘陵上的武田军本营中，本来端坐于晴信一旁的勘助，倏地站起身来。

"板垣大人战死！"

勘助确实听见了如此的呼喊声。这还了得！怎么会发生这等事情！然而，这呼喊声却愈来愈大，愈来愈近。

"板垣大人，战死！"

勘助此时看到一位骑马武士如此大声喊叫着，一面纵马从丘陵的山坡向这里奔来。勘助忽然感到天昏地暗，心中寒风凛凛。他恍惚觉得，在这茫茫天地之间，广阔平原之上，唯独剩下了由布姬、胜赖与自己。

"板垣大人，战死！"

骑马武士近得前来，最后呼喊了一声，便一头自马上栽下，倒在这丘陵的缓坡之上。

勘助以右手紧握着的长枪支撑身体，伫立于大地上，远远凝视着上田原一带的平原。

失去了主将的板垣信方一部，在如波浪一般起伏的丘陵的峰谷之间时隐时现，仿佛惊弓之鸟四散奔逃。而村上义清一军的主力，将零乱溃败的板垣军自正中分割为两半，怒涛似的向武田军急卷而来。百骑、二百骑为一团，这般集团数十有余，犹如风卷残云一般掠过平原。毋庸置疑，他们将已然败走的板垣军搁在一旁，意欲直取武田军的本阵。

此时，晴信端坐马扎上，与勘助一样远远凝望着平原的战况，忽然向勘助问道：

"这第二阵能顶得住否？"

先锋的板垣一军既败，能阻挡敌军前进的，便是由饭富兵部少辅虎昌、小山田备中守与武田典厩信繁率领的第二阵部队了。

"这个嘛……"

勘助亦无法清楚判断。

"顶不住吗……"

晴信说道。武田军的第二阵部队,自本阵所在丘陵之下展开阵形以来,却屏息不动,只是严阵以待。对于己方部队并没有立时展开行动一事,晴信多少有些担心。

"饭富大人心中自有打算吧。"

勘助说道。面对来势汹汹的敌军而展开漂亮的迎击战,这是饭富虎昌的长项。饭富虎昌乃是一位擅长迎击作战的武将,这正是勘助将他安置在第二阵部队中的缘由。

果然便在此时,山脚一带杀声四起。小山田、武田信繁两部自敌军正面展开,迎敌厮杀。而与此同时,饭富一部的骑兵队从侧面向敌军发起突击。当此时,旌旗光芒闪耀,喊杀声、太鼓声、号角声震天价响,这清澈响亮的战场之声却并未带有丝毫血腥之色。

一时间,山脚的平原地带顿时化为修罗场[①],数千人马混战其间。自本阵所处的山丘望去,一片混乱,敌我难辨。而饭富一部不时有新的数百名骑兵补充加入战阵。

"真是势均力敌啊。不过,我们一定会胜利的吧。是会胜的——"

---

① 修罗场:印度教传说中阿修罗王与帝释天的战场。后引申为悲惨而残酷的战场之意。

说到这里，勘助忽然脸色一变，倏地站起身来：

"义清似乎打算冲击我方本阵！"

虽然村上军明显将被击溃，但敌军却有三百骑骑兵全然不顾己方的颓势，集中为一团，将小山田军一分为二，一口气杀出一条血路，直卷而来。毫无疑问，此刻他们的目标，正是晴信与勘助所在这山丘上的武田军本阵。

"请将本阵向后移动三町的距离如何？"

勘助询问道。然而晴信却没有回答，想来晴信并不愿意退却，而是意欲出击。

"请务必将本阵向后方移动少许。"

这次，勘助以约略带有一些命令的口吻说道。正是考虑到此时的处境，勘助方才将马场民部与内藤修理正配置为第三阵。

晴信仍然没有下令退后。仅仅三百骑敌兵就逼得主将后退，此话传出去必会折了自己作为武将的威名——晴信或是如此考虑。

"早一刻退后，便可早一刻击败义清。"

"谁去击败？"

"后备的马场一部或者内藤一部吧。他们便是为如此情况而配置在此的，这可是能够干掉义清的千载难逢的好机会！"

勘助坚决恳求道。三百骑骑兵若是冲到这里，那么右有武田家最为精悍勇猛的骑兵队马场一部，左有内藤一部，于这丘陵上对其包围夹击，敌兵断无一人有生还之机。

"本营人马不出击吗？"

晴信问道。

"可以出击。不过，就算出击，又能怎样呢？所谓作战，并非一定要倾尽所有的兵力。第三阵的配置，便是预料着如今的情形，出击的任务已经交予了马场一部与内藤一部。就算主公您亲自出击，亦不会为此战增添更多光彩。"

"好吧，退后！"晴信终于下了此令。

于是，命令马场一部、内藤一部开始进军的太鼓敲响。与此同时，"风林火山"的旌旗大幅招展，与隐藏于本阵之中的数十面旌旗合为一处，自丘陵东边的山坡开始徐徐移动。虽然勘助希望本队人马能退得快些，但晴信口中虽已下令后退，心里却还是不大情愿，故而退得磨磨蹭蹭、勉勉强强。

这时，勘助向平原方向瞥了一眼，不由大吃一惊。只见一团骑兵自平原向丘陵脚下疾冲过来，正是敌军。而此刻己方第三阵的部队才刚刚开始进军不久。

"主公！"

勘助紧紧贴在自己的坐骑之上，对晴信说道：

"后退太慢，敌军已经冲杀过来了。义清必定是决心与您进行本队人马和总大将之间的决战。事已至此，请千万听取在下勘助的意见！"

不待晴信回答，勘助即刻向本队下令，迎击冲上前来的敌军。此乃燃眉之急，已经不能再拘泥于让晴信下令了。

勘助紧靠在晴信的身旁，在敌军将来未来之际，有一个极短的安静喘息之机。

在距此约莫二町之地的小丘陵背后，忽然出现敌方骑兵的身影。这身影霎时间奔下丘陵谷底，大概很快就会冲上坡来。然而还须一小片刻之后，第三阵的马场一部与内藤一部才会来到此处。

不久，喊杀声与马蹄声交织在一起，令大地亦沸腾起来。霎时间，四周顿时变作修罗场一般模样。

勘助率领百骑骑兵环护在晴信四周，意欲冲下坡去。然而防守与攻击的气势却有天壤之别，敌军的五六十骑骑兵雪崩似的急卷而来，顿时将护卫晴信的百骑骑兵冲散。

场面顿时演化成为一场乱战。

勘助策马紧随晴信一旁，俄而遭遇两骑突击者疾冲过来，勘助奋力将其从马上击落。

然而不知何时，晴信与勘助走散，勘助只得于乱军之中仔细搜索晴信的下落。

倏地，约莫半町之外，身着水晶花之铠，头戴诹访法性①之盔，于玄色骏马之上与一骑敌军战作一团的晴信的身影跃入勘助眼底。这二人好似演武一般，胯下坐骑往来盘旋，待靠得近时便出手战上两三回合，却又随即分开。

此刻，勘助已然认定这与晴信交战之武士必是村上义清本人无疑。那武者的威仪在敌方阵营之中，除了义清以外绝不作第二人想。此时的二人已不再是两军的指挥者，而是为了取得对方性命而相互搏斗的武士。把全军的战斗搁于一旁，在稍稍离开那修罗场的不远之处，两人正在进行着不容他人打扰、唯独属于两人自身的雌雄对决。

在勘助与两位决斗者之间，敌我双方的数百名武士混战正酣。勘助伏身马背上，掉转马头向两位总帅决斗之处奔去。未几，勘助觉得肩头一痛，似乎被一旁掠过的刀锋斫中，胯下坐骑一声嘶叫，直立起来。

这时，晴信与义清分别被敌我双方的大群武士拥上救走，第三阵的马场一部终于在这激战场所出现。

忽然，勘助看到义清的战马发疯似的直立而起，将义清重重摔在地上。说时迟那时快，敌军五六十骑骑兵立时一拥而上，将义清救上马背，随即化作一团黑云直冲下丘陵逃向

---

① 法性：佛教用语，指宇宙万物共同具有的、平等无差别的真实的本体。这里指晴信头盔上刻有相关经文。

远方。当真是来去如风。

"主公!"

勘助靠上前来,晴信叹道:

"被他逃走了啊!"

"他们本来也是打算逃掉的。"

勘助就地将本队人马集合起来,沿着缓坡下了丘陵。此时四面都是喊杀声,想必是马场一部与内藤一部正在追击敌军吧。

此后不久,在谷地对面的丘陵上,武田家的旌旗上下翻飞。此战自辰时开始,到申时①终于结束。

战场上下起雨来。在小雨之中,武田军清点了敌我双方死伤人数。此战取得敌方首级二千九百一十九枚,己方折了七百余人。

在召集全军欢呼胜利之后,勘助走近晴信身前,说道:

"主公!"

"说吧。"

晴信以为勘助会说一些批评之类的言语,然而勘助却并未如此。

"义清想必就此一蹶不振了吧。从今往后,可要与前方的强敌交战了。"

---

① 申时:相当于下午4点。

"强敌是指？"

"长尾景虎。"

"为什么呢？"

"今日的义清是怀着最后决战的觉悟来进行战斗的。他今天的举动并不像是通常战斗的打法。然而，既然被我军击败，他便再也不能凭一己之力来与武田家相峙了。因此，他必须求助于长尾景虎，借助长尾景虎的力量，来觊觎主公您的性命。"

语毕，勘助辞过晴信，怀抱板垣信方的首级，翻身上马，引领板垣一军的将士们，先一步朝着诹访进发。此时此刻，由于先时的激战而暂时忘却的信方战死的悲伤，与这战场之上略带腥味的冷风一同，将勘助的心紧紧地包围起来。

上田原一战，使得武田晴信与村上义清之间的势力对比发生了极大的变化。仁科、更科两郡的大部分地方成为了武田家的领地，高坂、井上、绵内、须田、高梨、濑场这一带地区诸般城砦的豪族，尽皆归降于武田家，户谷一城亦开城降服。武田家的势力及威名渐渐强大起来。

与此相对，村上义清在上田原一战中一败涂地，折了太多将士，从此再也没有了独立起事的力量。

晴信在与义清的决斗中负了两处伤，不过很快便已痊愈。勘助那异相的脸上所受的数处创伤，亦差不多完全恢复了。

上田原之战过去整整一个月后的九月末，在诹访为板垣信方举行了盛大的葬礼仪式。板垣家的家督之位，由信方的嫡子弥次郎信里继承，他代替父亲继续镇守诹访一地。天文十七年秋天的冷风，深深地渗入勘助心里。他并没有返回古府，为了操持板垣信方的葬礼以及其后的法事而留在了高岛城。

信方之死，无论怎么看，对勘助都是一个相当严重的打击。虽说信方并不一定事事都站在勘助这边，然而他曾是勘助出仕武田家的介绍者，由于这一层关系，他亦不是反对勘助之人。勘助那作为谋士的性格，那不会与任何人妥协的孤僻脾气，唯有信方能够加以理解，能够善待于他。此外，由于信方之死而受到重大影响的人，恐怕便是由布姬了。无论是由布姬成为晴信侧室的经过，还是由布姬移居诹访观音院的事情，除了晴信之外，便只有勘助与信方二人知道底细。此时信方既殁，勘助心下一种孤立无援的寂寥之感蓦然而生。

十一月十一日这天，有三骑快马接踵疾奔高岛城而来，他们正是来自古府中晴信的居馆。

越后的长尾景虎（即后来的上杉谦信）①接受了村上义清的邀请，引军正向信州进发。晴信于翌日申时亲率本队人马自古府出发，十五、十六日前后抵达小室一带布阵，欲在海野平原迎击景虎的大军。诹访的板垣一军与勘助速来小室会合——晴信便是差快马向高岛城发来这般指令。

在上田原一战欢呼胜利之后，勘助对晴信所说的预言，经过不足两个月的时间便成为了现实。

长尾景虎虽然年仅十八岁，却已是武名响彻越后一带的勇将了。景虎与晴信这两大势力，此前受处于两地之间的村上义清阻隔，从未直接交锋。如今村上既然式微，从今往后，两雄终于不得不在战场之上一决雌雄。不论愿意与否，这情势终究会出现——这是勘助早已料到的事情，只是没有想到会来得如此之快。

在连续接到快马传来的命令后，高岛城里上下立时为了出阵而炸开锅似的忙碌起来。勘助一面激励年轻的弥次郎信里，一面对各方面都作了安排。出兵的时间定在明日亦即十二日清晨。

---

① 长尾景虎：上杉谦信，日本战国时代名将。本名为长尾景虎，后来因继承了关东管领上杉姓氏，又得上杉宪政与足利义辉赐字，故而又名上杉政虎、上杉辉虎。出家后法号谦信。因其擅于统率，被后世称为"越后之龙"。与宿敌"甲斐之虎"武田信玄围绕信浓一地争斗多年。

当夜戌时二刻①,勘助忽然想去观音院拜访一下由布姬。为何在出兵前夜的百忙之中想与由布姬见面,勘助自己也不明白。总而言之,自己的确是想驱马前往观音院拜会一番。

勘助一念至此,便再也坐不住,径直牵出马来,也不带随从,立即策马沿着诹访湖岸疾驰而去。仿如勘助初次进入高岛城那晚一样,湖岸四周点燃了篝火,火光将平静的湖面染得通红。晚秋的夜风吹拂在勘助的脸颊上,竟已觉有些寒冷。

勘助一刻也不停歇地纵马飞驰,来到小坂观音院。由布姬的居宅隐藏在树荫之中,似已入睡一般静谧非常。勘助向殿堂一旁守卫的哨所看了一眼,守夜的两个武士见勘助到来,大大出乎意料,吓得慌忙跑出哨所,来到勘助近前。

"没有什么异常情况吧?"

"没有异常。"

"院落四周亦要仔细巡视啊。"

"属下明白。"

"公主呢?"

"已经就寝了。"

"好。"

---

① 戌时二刻:相当于晚上9点。

勘助立即打算回去继续准备明天的出阵事宜。虽然此行并未见着由布姬一面，不过既然得知由布姬已然就寝，那么还是回去好了。原本也就是心血来潮，无端地想来由布姬的居宅问候一下而已。

武士将勘助送到缓坡下，勘助再度翻身上马。

"那么，公主就交托给你们了。"

抛下这句话后，勘助转身沿着来时的道路返回高岛城。

在进入距观音院约莫三町路程的一个小村落时，勘助忽然发现前方有一群人影簇拥着走过，约莫二十人。仔细看来，原来是一群身强力壮的武士护卫着一顶轿子行进，其间亦夹杂有两三个女人，似作侍女打扮。

既然有武士围绕护卫，想来轿中之人必定有着相当身份。并且还有侍女陪同，可见此人乃是一个女子。勘助觉得这情形无论怎么看都十分怪异。若是有贵人通行，居住于高岛城中的自己怎会不知？况且这一行人在夜里赶路，显然是为了避人耳目。这可更是令人讶异。

究竟是什么人在此通过呢？勘助与这群人保持着大约一町的间隔，既不过于靠近，亦不过于远离，紧紧跟着他们向前行去。

不久，这一行人在一户农家门前停下，随即把轿子抬入这户人家距离大道稍远一些的院子里去了。

勘助下马，将坐骑拴在道旁的树上，然后靠近这户农家，沿着侧门通向屋里的小道走了进去。

勘助走近那泻出灯光的正屋，向里边看去。屋门就这样开着，房间尚算宽敞，一位年轻的女子端坐上首。不远处，三个武士与一位年老的侍女跪坐在下首。而这户农家的人们全都挤在铺着木板的门廊一隅，一位看似农家主妇的女人，正向坐在上首的年轻女子敬上热茶。

勘助当下仔细打量这位年轻女子。此女年龄大概比由布姬大上两三岁，无论如何也就是一位年仅二十岁左右的小姐。她双手捧着茶碗的姿态，散发出一种娴静雅致的气韵。每啜一口热茶，她的眼神便颇感新鲜似的向这屋内四处端详。

虽说此女并不像由布姬那般美得高贵而优雅，然而勘助亦无法不被这位小姐的美丽惊得瞠目结舌。这女子双颊丰满而圆润，在她那又大又黑的眼睛里面，蕴含着想入非非似的天真烂漫，全身上下无论何处均与由布姬形成鲜明的对比。一言以蔽之，若说由布姬的美丽来得如火一般猛烈而迅疾的话，这位小姐的美丽则来得似水一般悄然而从容。

"公主，咱们这便启程吗？"

年老侍女询问道。

"好的。"

"要再多休息一会儿吗？"

年老侍女再次询问，这女子仍然以同样的表情答道：

"嗯，好。"

农家的主妇低眉恭敬地向茶碗中添了几次茶。女子拿起茶碗，却不饮它，只拿双手把这茶碗捧着，似乎在以碗中热茶暖手。未几，女子将茶碗放在地板上，说道：

"已经喝好了。"一面向主妇致以温和的微笑。

这女子究竟何人？想来必定是相当有名的某位豪族的女儿无疑。但她到底要往何处去呢？

不久，跪坐在下首的三个武士与年老侍女站起身来，那女子也徐徐起身，与三个武士一道走了出去，剩下年老侍女在这屋里。

"突然到此，给你们添了麻烦。只因公主口渴，想喝一点茶，所以才来叨扰。这是一点心意，请务必收下。"

说着，年老侍女拿出一个小小的纸包，放在地板上。见这主妇推辞，年老侍女再次将纸包递给主妇，一面问道：

"有没有不经过高岛城而通向韮崎方向的道路呢？"

主妇在回答着什么，声音含混不清，勘助无法听得真切。

不经过高岛城——这句话在勘助心里不断回响。勘助立时离开藏身之处，从背后一侧的小道穿出。此时那一行人早已出发，只剩下刚刚向农家告辞的年老侍女，正迈着碎步向已经走出约莫一町路程的那一群人赶去。

勘助没有去解马，径直向那年老侍女追去。

"喂！"

勘助喊了一声。那年老侍女听得背后有人呼喊，吃了一惊，回过头来。当此时，勘助刚要伸出右臂去拉，年老侍女一个趔趄，直倒向勘助怀里。

勘助将年老侍女抱住，四下里张望一下，然后将这瘫软无力的重物搬至道路左侧的灌木丛中。而后，他让年老侍女坐在被夜露湿润了的地面上，并猛烈地摇晃她：

"我不会伤害你，只是想问一些事情。"

勘助说道。

"您究竟是什么人？"

年老侍女虽已战战兢兢，但语气却格外坚定。不过勘助没有回答，却反问道：

"你们这到底是要去哪里？"

"去甲斐。"

"去往甲斐何处？"

"这可不能告诉您。上面的大人有令，绝不能泄漏分毫。"

"那轿舆中的人是谁？"

"这不能告诉您。"

"是女人吗?"

"不,不是的。"

"说谎是没用的,我这两眼看得清楚,分明就是一个女人。"

勘助心里寻思,非得吓吓她不可,否则问不出一个所以然来。

"你若不说实话,我一生气或许就会将你杀掉。"勘助威胁道。

"您究竟是什么人?"年老侍女再次问道,"您是要钱吗?"

年老侍女此言令勘助大感意外,不过勘助心中一动,于是恶狠狠道:

"确实如此,我便是要钱!"

"你要多少?"

"我得知道那轿舆中人是谁,才好开口要价!"

此时,年老侍女似乎认定了勘助乃是拦路抢劫的强盗,语气顿时一变:

"乃是油川刑部守大人的千金!"

随即,她似乎以为表明了身份之后,面前这个强盗便不敢造次,于是又再叱道:

"退下！"

而后刷地站起身来。

原来是油川刑部守的女儿！说起油川家，却也是信浓一地远近闻名的豪族，不过现在似乎家脉已然断绝。如今这油川家的女儿在这夜里，由年老侍女陪同，亦有二十人左右的武士护送，要前往甲斐。而且还须选择不会经过高岛城的道路！这究竟是怎么一回事呢！

勘助盘膝坐在地上，仔细寻思事情的来龙去脉。

年老侍女看他坐在那里一动不动，于是起身要走，不料勘助却大喝一声：

"等等！"

他一定要把这事情问个明明白白。

"我不管是油川家的人，还是别的什么人，在这半夜之时想要擅自通过诹访的领地，我是断然不会允许的！"

"……"

"此地乃是主公托付给我等看护的土地。"

"这么说来，您是高岛城的大人么？"

说到这里，这年老侍女的语气一改。

"也难怪您不知道，您请回去吧，我等亦是奉了主公的命令，要从这里过去。"

"你说什么？"

"我等奉了古府的主公之命，前去甲斐。您请退下吧。"

年老侍女说罢，转身离开。竟然这一行人是因为晴信的命令而前往甲斐！勘助倏地站起身来，却没有再去追赶那位年老侍女，也没有叫她停步。

勘助返回拴马之处，解开缰绳，翻身上马，只将马鞭一抽，那马顿时飞奔起来。不多时，先刻那一行人便出现在勘助视线里。勘助却不减速，只是纵马狂奔，蓦地从那护送轿舆的队列一旁越过，绝尘而去。

高岛城附近的篝火数量比起先时增加了许多。在见到这篝火的熊熊火焰之时，勘助才从浑然忘我的状态中回过神来。他急忙调转马头，想去寻找刚才那一行人，然而奔出半里地后，却又勒马停住，再次掉转马头，任由坐骑载着他慢慢向高岛城行去。

这种事情可怎生了得！这不可能！勘助心里顿时被一种不好的预感攫住，背上冷汗涔涔。莫非晴信意欲将那样美丽的由布姬抛在一旁，却要纳油川家的女儿为侧室么！这可怎生了得！然而若非如此，油川家的女儿怎会趁着天黑而去往甲斐呢？

若是真有此事的话，那可不行！虽然教人可怜，但却不能不取了适才那位美丽小姐的性命！无论是为了由布姬，为了胜赖，还是为了武田家，这油川家的女儿断然不能活在世上！

勘助不知不觉进了高岛城，城内挤满了准备出征的武士，数十堆篝火熊熊燃烧，太鼓之声不绝于耳。

勘助在穿过拥挤人群之时，头脑中不禁浮现出二十八岁的晴信那年轻而精力充沛的模样，忽然感到一阵绝望。没有教由布姬以外的女子无法接近他的办法吗！让他出家怎样？出家的话，仅仅是普通的出家却还不行。没有能让他发誓断绝女色的办法吗！勘助认真地考虑着这个问题。晴信迄今为止总让勘助感到深深信赖的那积极的目光与不知疲倦的精力，此刻在勘助心中，却成为了一种麻烦。

勘助穿过拥挤的人群，来到广场之上。有三四名武士走上前来，替他拉住缰绳。

"出征时刻已近，请立即准备！"

一名武士说道。

"我知道了！"

勘助回答着，翻身下马：

"对，必须杀掉她，必须亲手结果她的性命。"

勘助缓慢而大声地说道，让在场几位武士都吃了一惊。

武将长尾景虎那从未见过的身影，适才在湖畔农家所看到的那油川家女儿的容颜，这两者相互纠结着，一齐浮现在勘助眼前。究竟哪一边才是当前的敌人呢？此时，勘助亦无法判断。

第七章

诹访的板垣一军抵达小室，是当月十六日午后的事情。

自古府而来的晴信本部已在前一日将帅旗立于北方的小丘陵之麓，等待着诸城砦豪族派来助战的军队到此聚集。

勘助刚刚抵达小室，便径直来到晴信身边待命。

"你辛苦了。此事正如你之前所料一样啊。"

晴信的语气与从前约略有些区别，他那一贯强烈的说话方式，不知为何有了改变，此时对勘助的言语也平和稳重了许多。

勘助一看到晴信，便觉得有许多话想跟他说。由布姬与胜赖的事暂且放在一边，眼下最为重要的，是关于晴信看上油川家女儿的事。此事须得向晴信问个清楚。

"主公，此时可得好好考虑一下，这一战当如何进行才是。"

勘助说道。

"我正在考虑作战之事。"

晴信眉头一动不动地说。

"您没有在想别的事情吗?"

"没有。"

"比如,油川大人的——"

说到这里,勘助抬起头来,盯着晴信的脸。

"油川怎么了?"

"油川刑部守大人的千金——"

"哦?"

晴信此时的表情,仿佛第一次听到这个名字一般:

"她怎么了?"

"您不认识吗?"

"不认识啊。"

"您从来没有见过她吗?"

"没有。"

晴信顿了一顿,笑道:

"今天勘助这是怎么了?"

言及此时,萦绕在勘助心中的疑惑顿时烟消云散,勘助的心情倏地愉快起来。

"油川家的小姐出了什么事吗?"晴信问道。

"不,没有什么。只不过随便问问罢了。"

"我也在想,什么时候务必见见油川家的人,不过却一直没有着手安排这件事。听你这么一说，若是能见见他的女儿的话，亦是一桩美事。"

那可不行！勘助心下暗想。怎能让您见到这位小姐呢！那般美丽的小姐若是让您见到，接下来会发生什么事情，可就难以预料了！

"那么现在，商量一下作战的事情吧。"

勘助注视着这全身洋溢着青春活力并且气魄十足的年轻武将，将话题转移开去。

虽说此时勘助心中与油川家的女儿相关的所有疑惑已经解开，但他仍然觉得如今的晴信的确不同于以往，须得刮目相看才是。

"马上就要跟长尾景虎展开一场大战了，您觉得把战场置于何处为好呢？"

"就在海野平原如何？"

"真是明鉴！"

勘助心中顿时涌出一股对晴信的信赖感。晴信颇具眼光地将战场确定于海野平原，这实在是令人欣喜。

若是在信浓一地作战的话，我方须得比敌方先一步出兵才行。与此相对，若是敌方先一步出兵，那么我方须得在这海野平原展开迎击方是上策。虽然按照常理来说，战场似乎应该选择在川中岛一带。然而面对从未交锋过的对手，若是在川中岛交战的话，取胜则已，如若战败，那可有性命之虞。由于地形的关系，若是在川中岛交战，双方都必须竭尽全力。为避免这种情形发生，晴信不得不慎重行事，将战场确定于海野平原。如此一来，交战双方都会比较容易进退自如。

虽然作战准备已经完成，但晴信却没有立即挥军进攻的意思。十六、十七、十八日这三天，甲斐的大军都无所事事地度过了。

向海野平原进军的号角声响起，是十八日深夜的事情。连夜行军赶到海野平原，然后一刻不息立即投入战斗，这正是武田军的打算。晴信推测，当甲斐大军抵达海野平原的同时，越后一方的军队亦会在同一场所出现。

黎明之前，山本勘助、小幡虎盛与原虎胤三人离开队列，策马先行一步，前往敌阵侦察。晴信命令深得自己信赖的三位武将去执行同一项任务，却是从未有过之事。三人噤口不语，彼此保持着两三尺距离，只是驱马前行。

勘助策马走在先头，他心中明白自己身后这两位武将各自心里在想些什么。刺探敌情这种事情，自己一人足矣，何必再另外多派两人去呢——对于晴信的命令，无论虎盛还是虎胤都多少有些不满。只因这二人均对自己的能力颇为自负。

不过，勘助心里却很满足。晴信对于与长尾景虎的这一场战斗如此慎重，因而派三人同去侦察，勘助心中不但没有忿忿不平之感，相反却觉得晴信更加值得信赖了。

"主公如今已然具备进行任何大规模战事的才能了啊！"

勘助勒马停住，回头向虎胤说道。

"确是如此。要论作战运筹帷幄，我等可都是望尘莫及啊。"

虎胤如此回答。虎胤似乎真是如此认为，不过勘助觉得自己在运筹策谋方面还是比晴信高出一筹。但在此战当中，晴信第一次显现出来的慎重态度，却是在这以前从未有过的。对此勘助感到无比欣喜。

天色渐明之时，三人分开，按照各自不同的打算分头行事。勘助沿着千曲川的河滩，在几乎没有遮蔽物的地方策马行进。倏地，前方出现几骑身影，在河畔的薄雾中若隐若现，当是敌方探马无疑。

勘助只管前行，任由马蹄声在河滩上踢踏作响，就此进入薄雾中。未几，薄雾散去，四下里却不见任何人影，想必敌方探马已然走远。

勘助驱马上得千曲川河堤，然后向丘陵之上驰去。此时勘助发现，远远望去又黑又细犹如几条锁链一般的数行人马正自前方缓缓向此地延伸而来。

勘助勒马伫立，对这大军看得出神。这是勘助初次看到长尾景虎的大军。总有一天务必要将这军队击破——勘助如此想道。与甲斐的部队不同，这支大军安静而又平稳地移动着，没有采取将主力部队藏匿其中的阵形，就这样堂堂正正地将全军从头至尾暴露在大地上。

敌军的总帅长尾景虎约莫十八岁，比晴信年轻近一轮。勘助久久地眺望这位年轻敌将所率领的大军。这沿着千曲川行进着，且随着河川蜿蜒曲折而来的由人马组成的细长锁链，教勘助看得陶醉。千曲川的流水自然顺畅，越后大军的行进亦同样自然顺畅，这支大军仿佛已与河川融为一体，朴素而柔软地蜿蜒流淌。

勘助回到军中，来到晴信面前，已是当天巳时①。

在距离千曲川的河滩约莫三町地的丘陵上，有一片杉树林。晴信在此地下马，端坐于马扎上。此时原虎胤与小幡虎盛业已归还，坐在晴信身前，等候勘助返来。

"勘助，你说吧！"

晴信开口说道。

"您已经听了原大人与小幡大人的禀报了吗？"

"已经听了。"

"如此的话，想必已经足够了吧。两位大人亦不会估计

---

① 巳时：相当于上午10点。

错误的。敌方人数约莫六千。"

"六千吗？你们三人竟完全一致呢！"

晴信说道。

"确是如此。敌人在行进途中，却并未将队形展开，恐怕打算就以如此队形来与我军交战。这样一来，战事会如何演变却是不易预料了。这与我们之前所遇到的对手可全然不同，也真是教人头疼啊。"

"敌军将以进军的阵形就此与我军交战，这一点，虎胤与虎盛也是一致的……"

晴信似乎感到十分满意。

"不过，仅有一点，在下勘助跟原大人与小幡大人的意见大概不同。这便是此次战斗的方式。两位大人想必主张以我军一万五千之数主动出击，然而在下勘助却认为，不要先行进攻，防御作战才是上策。若是防御作战的话，随着时间流逝，人数本就较少的敌军当会愈来愈弱，我军的胜利便犹如探囊取物一般。若是凭借人数的优势先攻的话，一旦陷入混战，就是我方的损失了。以景虎这样远近闻名的猛将，若是陷入混战，必将率领其旗本众，前来与己方本队人马决一雌雄。如此一来，主公您可会与上次跟村上义清单打独斗那样，跟这位十八岁的越后大将匹马单枪地交锋了。"

勘助如此说道。晴信听罢，默然不语，脸上稍显不快。

片刻,晴信简短地说:

"就采用勘助的办法吧。"

提起与村上义清的那次单独交锋,晴信总觉得在勘助面前抬不起头来。只能照他说的那样去做啊——晴信心里想道。

合战自午时展开。

武田军布下鹤翼之阵,主力便是鹤的身体。身体两侧如鹤翼一般展开的两支军力,比主力所在之地稍稍靠前一些布下阵势,右翼是小山田备中守一部,左翼是小山田左兵卫尉[①]一部。旗本众的前军由真田幸隆指挥。旗本众右方约莫五町之外,是饭富虎昌一部。旗本的后军由马场、内藤、日向、胜沼、穴山、信繁六支部队组成,于本阵后方以雁行之势排列。再往后一些,则是原加贺守昌俊所率的九千骑兵。

勘助留在本阵之中晴信身旁,静候战斗开始。

"今日此战,您毋须想着要取景虎的性命。只要瞧瞧景虎如何率兵打仗便足矣。"

勘助感到自己比晴信更加兴奋。虽然自己告诫晴信不要冲动,不过如今看来,与前次跟村上义清作战之时相比,晴信的态度远为沉着而悠然了。

---

① 小山田左兵卫尉:小山田信茂,武田家臣,小山田备中守信有之子。

不过，光是兴奋可起不了什么作用。勘助想。总有一天，或者就在最近，一定要将长尾景虎打垮。打垮长尾景虎之后，武田的势力便会一口气通向日本海的方向。如此一来，日本本州的躯干一部便尽归年轻的晴信所有了。

不久，武田一方右翼的小山田备中守一部与越后的长尾政景一部遭遇，双方立时展开铁炮互射，战斗就此拉开帷幕。

铁炮铳声很快停息，随之而来的是震彻天地的喊杀之声。小山田备中守的部队改持长枪，在千曲川的河滩上向平原地区发起一轮又一轮的突击。

"情况会如何呢？"

晴信说道。

"小山田大人当会取胜，然后一口气将敌军先锋击溃。不过小山田大人接下来便会退却。依这阵形来看，情势便是如此。"

勘助认为情势必定会如此发展。既然双方的布阵都无懈可击，那么一部分部队在暂时取得优势之后，却可能会被随后而来的敌军击退。

小山田备中守一部不断进逼着敌军的先锋，迫使其后退，再后退。大概是因为风向的影响，两军激战的喊杀声仿佛自方向完全不同的千曲川下游传来。

一时间，正如勘助所预料的那样，敌军的先锋无法抵挡小山田备中守部队的攻击，向后溃逃出二町之远。

这时，武田阵左翼的小山田左兵卫尉的部队与敌军此侧的军队交上了手。然而与右翼不同，小山田左兵卫尉一部似乎抵挡不住敌军的攻击，正在节节后退。

"真是有趣啊。"

勘助注视着两军交锋的场面，不知不觉已看得入神。这真是迄今为止从未见过的战斗场面啊！这一侧的小山田备中守一部刚刚取得优势不久，便被敌军的后续部队击退；而另一侧敌军的先锋才将小山田左兵卫尉一部击败，却转眼就被我方新加入战阵的部队反扑。

两军的喊杀声不绝于耳，渐渐使这平原的空气震颤起来，其间夹杂着数千战马的嘶喊声，似乎谱写着一曲悲壮的乐章。

不知何时，阳光隐去，海野平原被乌云所笼罩，一派阴郁的风景。这宛如大海之中绵绵无尽的波浪起伏似的平原上覆满了杂草，任由晚秋的冷风吹拂而过。

"呼"的一声，勘助长长吐了一口气。

"主公！"

勘助向晴信喊道。晴信没有说话，只是盯着战场的局势，少时才慢慢将头转向勘助：

"这是一场不分轩轾的战斗啊。"

"的确如此。"

"如何才能分出结果呢?"

"人数多的一方将会获胜,只有这一种可能。"

"嗯——"

"这会是一场死伤众多的战斗啊。对方六千兵马,我方一万五千——我方折了六千人之后,敌方才会全灭,而我方则剩下九千人。"

听到这里,晴信脸色阴沉,或许在想:这真是一场令人厌恶的战斗啊。

"不过话虽如此,景虎却决计不会将己方陷入那般愚蠢的境地,他必定会在陷入绝境之前撤兵的。请您继续观战吧,敌军一定会退兵。"

勘助话音未落,战场上倏地响起甲斐一侧从未听过的异样的号角之声,这声音响彻阴郁的海野平原一带。

听到号角声响,勘助道了一声:"暂且告退!"也不待晴信领首同意,便径直翻身上马,急急驰下丘陵,向战场方向奔去。这期间,号角声依然高低起伏,一刻未停。这的确是撤退的号角之声无疑。到底越后军将会如何撤退呢?勘助策马狂奔,一面想道:一定要用自己的这双眼睛去见识一下。在这激烈的乱战当中,要将这些拼死挥舞着手中长枪的士兵们一个不留地全数撤出,绝非一件容易之事。这撤退将会如何进行呢?勘助非常想见识一下。

当勘助纵马驰上一个小高地的时候,号角声突然停止。勘助在距离战场约莫一町之处勒马停住。此处地势高耸,一眼望去,战场情形尽收眼底。

这时,勘助看到自敌阵之中驰出两骑武士,俱是气宇非凡之人。

这二人来回摇动各自手中的采配向各部队发出命令,一面策马绕了半个战场之远,尔后如离弦之箭一般驰回本阵,那身影渐渐缩小远去。

领头的一骑大概就是长尾景虎吧,勘助想道。在其身后那骑高大的武士,恐怕便是以豪勇闻名远近的武将宇佐美骏河守[①]了。除了此二人之外,敌方阵营中再也找不出一个人能够如此漂亮地指挥大军才是。

不知何时,武田军一侧亦吹响了撤退的号角声。看来晴信如此下令了。虽然很想追击敌军,然而却抑制住了这种冲动,下令撤退。这样的事情在以前的晴信身上,是断然不会看到的。

到此为止就好。击败长尾景虎一事,就放在以后好了。若此时对敌军加以追击的话,或会伤其一两百杂兵,然而却

[①] 宇佐美骏河守:宇佐美定行,长尾家臣。骏河守是官位。

将甲斐军中长枪骑兵长于追击一事，徒然暴露给了敌人。

此际，勘助看到自晴信本阵之处突然驰出数骑武士，均伏身于马背之上，紧紧抱着马脖子以免落马，且将腰身浮起。这数骑犹如疾风一般霎时间便驰下丘陵，尔后四面散开。

其中的二骑以迅雷不及掩耳之势自勘助身侧掠过，瞬时远去。这两骑武士亦将身体伏于马背，背上靠旗指向前方，随风猎猎作响。二人的靠旗之上，均绘有蜈蚣之纹，他们正是武田军中向各个部队传达禁止追击命令的"百足众"，其中任何一人均是能够一骑当千的年轻武士。

勘助仍旧勒马伫立原地，听得喊杀之声渐消。

战斗以不可思议的方式结束了。乌云依然遮蔽着阳光，放眼望去，这平原处处都是一副郁暗的神色。

从今往后，晴信当不得不以这长尾景虎作为对手，展开迄今为止从未有过的苦战了吧。这苦战或将持续五年之久，抑或十年？这却不得而知。两方均是棋逢对手。晴信如今二十八岁，景虎（谦信）十八岁。年龄虽然有所差距，但无论哪一边均是不输于对方的猛虎。不过，只要有自己在，晴信终会获胜的。不久以后，不再会有人看到长尾景虎那精彩的指挥之法了吧。这以后几年之内，武田家务必要取下越后这位年轻武将的性命才是。

与来时的匆匆相反，勘助策马慢慢返还。

晴信与景虎这两大势力最初的相会，自午时开始，至未时①结束，此战在极短的时间内便落下了帷幕。这一战，越后一方死者二百三十六人，己方折了一百三十一人。清点了死伤人数之后，武田军胜利的欢呼声在当日申时轰然响起。

直到大军重新集结起来为止，晴信始终默然不发一言。看来在这位年轻大将的心中，对第一次与景虎的交战颇有感触。

从这天开始直到二十三日，武田军一直在海野平原宿营。由于刺探了越后军的动静之后，发现他们并没有撤回越后的迹象，仍然屯兵在川中岛附近。

自海野平原之战的翌日起，快马陆续将留守在信浓诸城砦中武将们各自取得的胜利捷报传到了大本营。在海野平原一战之际，各处的留守部队与各自周边的敌人纷纷展开了数次小战斗。当然，这些战斗并非依晴信之令进行的。

亦即：驻守伊那地方的秋山伯耆守晴近，与伊那军交战，斩敌骑兵十七人，步卒二十五人，夺得领地三千贯。驻守于下诹访、盐尻口，防备木曾、小笠原之敌的甘利、多田二将，夜袭小笠原军营地，斩敌九十三人。此外，驻守在笛吹岭以防备上杉军的小宫山、浅利二位武将亦派来信使报

---

① 未时：相当于下午2点。

告，他们与上杉军在松井田一地作战，取得敌军首级三十三枚。

在这些捷报次第传来之后，二十三日清晨，一匹来自古府的快马抵达大本营。

当月十九日午时，御旗屋①发生火灾，所幸经过大力扑救，并未遭受重大损害，仅仅是烧毁了建筑物的一部分——这是来自古府中的别当②山下伊势守的报告。报告中还说，在救灾之时，不知自何处飞来两只白色大鹰，停留在御旗屋顶之上。火势湮灭后，这两只鹰仍旧在御旗屋上空盘旋，过了三日三夜方才离去。

晴信认为，古府中御旗屋虽然遭遇火灾，却未酿成大祸，这全是由于获得诹访的石清水八幡宫③加护，恐怕这两

---

① 御旗屋：自武田家祖上新罗三郎义光以来，御旗与盾无铠两件物品乃是武田家代代尊崇的贵重宝物，在武田家每一位当主手中流传下去。每逢重大战事之前，武田家当主总要率领将士，向这两件宝物祷告祈求战斗胜利。而安置存放这两件宝物的祠庙，便称为御旗屋。

② 别当：这里指武田家中负责日常事务的内务官。

③ 石清水八幡宫：八幡宫即是供奉八幡神的神社。八幡神是日本最早的神佛合体神，本是日本丰前宇佐地方的农业神，公元8世纪左右成为"八幡大菩萨"，为护国之神及佛教的护教之神。在平安朝末期之后，八幡神被作为传说中的应神天皇及其母神功皇后的神灵、以及源氏的氏神来信仰，神格为武神或军神，为武家所尊崇。石清水八幡宫位于京都，修建于公元9世纪，为所有八幡宫的总社。此处原文的"石清水八幡宫"，应是指武田八幡宫，修建于天文1年，在今日本山梨县韭崎市。

只白色大鹰，便是神明的化身。于是晴信率领全体将兵，一同向诹访的方向顶礼膜拜。

膜拜过后，晴信派出两骑马术精湛的年轻武士先一步前去古府慰问。这两人各持晴信的一封书信，立即上马自海野平原出发前往古府。

勘助此时心中总觉有什么事情很不对劲。为何心中会如此不安，勘助一时也说不上来。待两位年轻武士自晴信身前退出之后片刻，勘助方才猛然省悟，倏地抬起头来看着晴信。

向古府派出使者前去慰问，此事不足为怪，但又何须同时派出两位使者携带两份不同的书信呢？此事无论怎么看，都令人感到不合常理。

勘助若无其事地从晴信身前告退，然后急急拉出坐骑翻身上马，向适才出发前往古府的两位武士追去。

这马奔得半刻时分，前方道路之上两骑武士那小小的身影跃入勘助眼中。

"喂——"

勘助大声呼喊两位武士停步，一面纵马向前疾驰。

不久，这两骑武士齐齐勒马回头。勘助驰近，二人已然下马立于地上。

"把主公交给你们的书信拿来。"

勘助说道。

"是！"二人毫无怀疑，将卷成一卷的书信拿出，呈予勘助。

"是给山下伊势守大人的吧。"

"是！"

"一定要准确无误地办好。"

勘助一面说着，一面向那两封书信瞥了两眼。其中一封是交给正室的信件，另一封却不是。那封信件上确实写着"油川大人启"的字样。

果然如此。勘助心中暗想，晴信口中虽说从未见过油川刑部守的女儿，甚至从来不知道有这个人，然而却是认得她的。勘助脸色稍显铁青，将书信还给二人。

"看来并没有让主公挂心的事情，你们小心去吧。"

勘助威严地对两位武士说道。

两位武士向勘助施了一礼，便即翻身上马。当武士们马蹄之声逐渐隐去之时，勘助方才发觉自己已被齐腰深的芒草花穗包围了起来。

右侧是山，左侧则是山坡，勘助身处这山与山坡之间。山坡平缓地向谷底延伸。风自谷底吹来，芒草的花穗随风摇摆。的确很是令人同情，然而却不得不神不知鬼不觉地把她除掉——勘助心下暗忖。

这油川刑部守之女的性命，便由我勘助来取好了。那之后，可务必好生监视晴信，切断他能够靠近女色的一切机会。话说回来，晴信到底什么时候在什么地方见过油川家的女儿呢？真是丝毫也不能疏忽。晴信战斗起来十分巧妙，不过看来他巧妙之处也不仅仅限于战斗啊。此时勘助的眼前，又再浮现到小室布阵当日，晴信那看起来一本正经而把自己瞒了过去的那张脸。那么，要怎样除掉油川家的女儿才好呢？

勘助的手轻轻提着缰绳，任由坐骑在这芒草的原野上漫步。比起战斗来，这次的事情可真是棘手得多。真不该在那时从自己口里说出"油川刑部守的女儿"这几个字，如今若是杀了她，那么很容易就会被看出杀人者便是自己。无论杀得多么巧妙，自己也无法摆脱嫌疑。勘助认真地考虑着这个问题，比以往经历任何一场战斗都要认真。

翌日，探马来报，说越后军已自川中岛动身，正往越后返还。于是晴信亦决定率领大军返回古府。虽然最终这海野平原之战不过是两军的一次小小的战斗，不过影响却非同小可。此前，仁科、海野、浦野等北信一地的诸豪族对于降服武田家一事总是反复无常，如今却纷纷向古府送出人质，真正地归降于晴信麾下。

二十五日这天，晴信发出命令，全军向古府返还。

勘助与晴信一道，置身于本营人马之中，凯旋而归。这一万六千人①以长蛇一般的队列，在初冬的信浓山野之间蜿蜒南归。

三天过后，在行军途中，为了率领板垣一军回到诹访，勘助不得不与晴信分别。

"近几日之内，或会前来古府居馆中参见。"

勘助说道。

"好啊，我等着你。下次见面之时，关于长尾景虎这人的武略，我可要仔细地听你说说。"

晴信回答。他的心情似乎很不错。

勘助与板垣军一道于山岳地带跟返回甲斐的大军分别，踏上了去往诹访的道路。分别约莫半刻之后，勘助对板垣信里说自己落下了重要的东西，须得返回本队去拿才行。

"要不要带几名兵士一道？"

信里问道。

"不用，我一个人去就好。那么，到了诹访之后，请替我向公主致意。"

说罢，勘助径直离开了诹访一军的队列。在这小小的遍

---

① 一万六千人：晴信参战一万五千人，折了一百余人，约数应仍为一万五千才是。此处原文为"一万六千"，疑为作者笔误。本章后文仍有"一万六千"，亦与此同。

布杂树的山脚下，橡树那已然枯萎得呈茶褐之色的树叶，被风吹得簌簌作响。

待得独自一人之时，勘助将身上所有沉重物事尽数丢弃在杂树丛中。须得一口气驱马前往古府才是。务必要比晴信的大军率先进入古府城下，哪怕是早上一天也好。不用说，这正是为了取得油川刑部守女儿的性命。

勘助驱马狂奔，避开大道，专拣那连绵无尽的山间小路前行。直到这天傍晚，勘助也未遇上一个人影，胯下坐骑只管疾驰，激得地面落叶纷飞。当勘助来到一片向南倾斜的高原大地时，冬日的夜幕已将他吞没。

纵马狂奔之际，勘助倏地听到有另外的马蹄声远远传来。勘助立时下马，将自己的身体藏匿于马旁。不久，只见三骑武士仿若疾风一般在不足一间之外飞驰而过，几乎刚好擦过勘助的坐骑。那正中的一骑将自己的脸紧紧贴在马脖子的右边，这特殊的骑乘姿势很是眼熟。

除了晴信以外，大概没有人会如此骑马吧。勘助想道。那一定是晴信无疑！然而，作为一万六千人大军的总帅，却离开军队单独行动，真是不可想象的事情。这怎么行呢！

但是，刚才那马上的武士的确是晴信。晴信亦离开了部队，先一步前往古府去了吗！难道这位年轻武将已然察觉了自己的行动？勘助寻思着，是否得另外取道前往古府。无论如何，也务必要比刚才所见那三骑先一步进入古府城内。否则的话，油川刑部守的女儿定会再次自勘助眼前消失，被晴信匿往他处了！

　　晴信可是任何事情都能做出来的。在这世上，唯有晴信，是勘助为之即使抛却生命亦在所不惜之人，然而也是勘助感到十分操心之人。勘助重新跨上马背。此时他才注意到，在这初冬季节亦尚未死去的秋虫之鸣叫声，已经响彻了整个原野。

第八章

勘助驱马狂奔，昼夜兼程，一刻也未停歇。进入古府城下之时，正是黎明时分，这一带还未自沉睡之中醒来。

穿过商家货铺林立的下町，勘助来到武家屋敷坐落的地方。此地中央有一条略呈倾斜的大道，勘助策马自此而上。大道尽头，正是武田氏累代家督的居馆。

勘助驱马沿着居馆周围的壕沟从大路左边绕到居馆背后，然后向丘陵上的府邸行去。拂晓的冷风自丘陵上方径直吹来，脚下的坡道渐渐地变陡，胯下坐骑的速度随之缓慢，一步一喘地艰难前行。这也难怪，勘助自信浓马不停蹄地来到甲斐，这一路之上可就没有好好地喂过它一次。

在古府居馆背后丘陵一侧山顶的要害之处，修建有一座小砦。勘助来到此山脚下，沿着陡坡策马上行。山腰树木葱郁，层层绿荫之间，隐藏着一座叫作积翠寺的小小寺庙。勘助推测，藏匿油川刑部守女儿的场所，大概便在此附近。晴信常常于清晨或傍晚在此地纵马驰骋，这是自他少年时代起便养成的习惯。也缘于此，晴信无论何时在此策马往还，亦都不会让人觉得诧异。此地位于城下町的相反方向，就算晴信在半夜溜出居馆，也很难有人发现。勘助寻思，积翠寺境内大概重新修缮过了吧。想必修缮一新之后，晴信便让那位美丽的公主自信浓搬来此地居住了。

勘助并不进入积翠寺大门，而是经过门口继续上行，不多时绕到寺院背后。果然不出勘助所料，此处出现了一座崭新的偏门。勘助以前到过此地两三回，从不曾见过这里有一座这样的门。若非有什么特别的意图，这里确是没有必要开一座偏门的。

勘助在门口翻身下马，忽听得近处似有水流之声，勘助立时牵马走进积翠寺偏门对面的树林，向水流声传来的方向走去。这河很窄，正是相川的上游。河水自陡峭的坡面急奔而下，在岩石上溅起猛烈的水花。勘助让马匹在此饮足了水，便将它拴在岸边的一棵树旁。

此时天色仍旧未明。

勘助回到积翠寺的偏门前，用才试着推了推这门。看来从里面上了坚固的门闩。没办法了，勘助只得将手往院门右边的土墙上一撑，纵身攀上墙头，翻了过去，然后蹑手蹑脚地穿过院子，来到寺院殿堂与走廊之间的一栋别院跟前。

勘助在别院周围匆匆巡视了一圈，也不从正门进去，却

绕到别院南侧看似这家主人寝间的侧廊上,然后抬手轻轻叩了两下门,低声唤道:

"公主。"

屋内没有应答。于是勘助再次轻轻叩了两下门:

"公主。"

这次,屋里似乎有人起身,尔后传来窸窸窣窣的穿衣之声。不多时,屋内人问道:

"老爹①吗?"

声音清澈悦耳,勘助却不回答。

"是老爹吗?"这声音再次问道,一面将门打开。

"是我。"

勘助跪在地上,说道。

"啊!"女子轻轻惊呼一声,说:

"我还以为是老爹来了呢。我可真是粗心!"

勘助抬起头来,看着这位女子。此女面颊丰润,双眸既大且黑,正是油川刑部守的女儿。拂晓的空气带着寒意,这位公主将披在身上的外衣掩在胸前,按着衣服的双手纤美而白皙。

"是我。"

勘助又道。

---

① 老爹:此处原文为"爷や",是对家中老仆人的亲切称呼。

"你说'是我',我却仍是不知你是哪位。是主公让你来的吗?"

"此番前来,确有急事相告。"

"是吗,你辛苦了。我去叫人。外边很冷,你快进来吧。"

勘助本想立时拔刀将她斩杀,时机也非常充裕,然而勘助却忽然觉得无法出手。这女孩似乎全然不知怀疑他人,与其说她是悠闲沉着,莫如说显得呆傻而天真。

"不,就在这里说罢。请不要叫别人了。"

勘助一面说,一面尽量让自己心里平静下来。

"好吧,我不去叫人。"

公主说道。勘助悄悄将手伸向刀柄,此时,忽然听到婴儿的啼哭声响起。

"好像是小公主醒了。也不知道哪儿不舒服,昨晚就哭了一夜——"

"什么?"

勘助吃了一惊。他做梦也没想到她还有孩子。

"您什么时候生的孩子?"

勘助问道。

"现在哭的这个,是大的一个孩子。"

"啊?!"

勘助怀疑自己的耳朵是否听错了。

"您刚才说大的这个,是公主您——"

"大的这个是去年春天生的,小的那个是今年夏天生的。因此名叫春姬与夏姬。"

勘助无论如何也没想到,眼下站在自己面前的这位公主,竟然已经是两个孩子的母亲。

"这,当真是公主您的孩子吗?"

勘助自己也觉得这话问得奇怪而好笑。

"呵呵呵——"

公主发出一阵银铃般的笑声。

"老爷子你问得可真是奇怪呀。"

不知什么时候,勘助被这位公主称呼起"老爷子"来。此时四周仍然稍显昏暗,对方应该没法看清楚勘助的相貌。因此对方一定是通过勘助的言语和举止发觉他是一位年老之人。

"天好冷,我想把门关上。老爷子请从那边进来吧。这样冷,对肚子里的孩子没有好处呢。"

听到这话,勘助第三次被惊到。

"您、您肚子里的孩子?"

"这次,务必要生下一个男孩。我得注意身体才是。"

"是。那么,我从那边进屋里去吧。"

勘助不由得感到十分泄气，心中再也没有了杀人的念头。

话说回来，晴信到底在干些什么啊。不仅跟油川家的女儿生下了两个女孩，并且让她又有了身孕。晴信瞒着我勘助，瞒着由布姬，竟悄悄地做出这样一件荒唐事来。

勘助绕到正门处，稍稍待了片刻，便有侍女前来引领他进了屋子。勘助在屋内前厅坐下，未几，公主出现在邻接的房间里，面对勘助端坐下来。

"啊，你的脸是怎么啦？"

在灯光下，公主这才看清勘助的脸，吃了一惊，不由唐突地问道。

"你的脸痛吗？"

"不痛。这是战场之上负的伤，已经好了。不过，我的脸大致上生来就是这个样子。"

"生来就是这样吗？啊，真是可怜。"

公主听罢，倏地皱起眉头。

"既然生来就是如此，也是没法子的事情。"公主说道。

"公主您生来便是如此美丽，在下生来却是如此丑陋。"

勘助静静地坐着，缓缓说道。不可思议的是，无论这公主说什么，勘助却一点也感觉不到有伤人的意味。仿若被美丽的花瓣打在身上，丝毫也不觉得疼痛一般。

"公主!"

勘助抬起他那张被认为是丑陋的脸,严肃地说道:

"请暂且屏退左右。"

于是,邻接的房间中传来公主的声音:

"你们都去外面待一会儿吧。"

这般场合之下,公主那全不疑人的性格可算是表露无遗。

在两位侍女正要走出房间之际,勘助又道:

"请将房间门就这样开着吧,房间里的拉门也请打开。"

此时,拂晓的光线微微自走廊方向穿过敞开的房间大门照了进来,拉门也浅浅地泛着白光。在确认了这座三个房间的宅子里没有藏着任何人之后,勘助转头正对公主,徐徐说道:

"方才,您说您肚子里怀着孩子,您是想生一位小少爷吗?"

"先时生的两个孩子都是女孩,我是想如果这次碰巧生下一个男孩的话——"

"您若是生下一位小少爷的话,那可就要操心了。"

"这话怎讲呀?"

"主公的正室三条夫人,早已诞下了义信与龙宝二位少爷。"

"这我知道，但是——"

这时，公主抬起头来：

"我呢，想要生一个强壮的孩子。今后，让他来挑起武田家的重担——"

虽然语调有些吞吞吐吐，但说话内容却很坚定。

"原来如此。"

"主公也曾说过，只是想要一个强壮的孩子就好。"

"不过，眼下已经有了一位强壮的小少爷了。"

勘助把话说到正题上。

"您知道有一位由布公主吗？"

"不知道。"

公主明显受到勘助话语的强烈冲击。

"这位由布公主，已经生下了一位将来定会成为日本第一英勇武将的胜赖少爷。"

"怎么会！"

公主此时脸上的表情分明在说：这不可能！怎么会有这样的事情！

"这位由布公主，到底是什么人？"公主颤声道。

"乃是诹访大人的千金。"

勘助虽觉有些残酷，但此时亦决定向这位公主和盘托出所有真相。

"现在，这位由布公主居住于诹访的观音院中。不知道这件事情的，大概只有公主您了。"

"啊……"

此刻，这位公主脸上血色全无，面色苍白地说道：

"那位，可是比我漂亮吗？"

听到这话，勘助一时不知如何回答。

"您二位谁更漂亮，在下也说不上来。您二位都很美。"

"原来是那样美丽的人吗？主公却是说过，我是这世上最美的呢。"

"公主您的确很美。不过，由布公主也很美。"

公主似乎想要往前挪一下身子，却突然一软，就此俯伏下去，肩头如波浪一般不住地起伏。

"公主，您怨恨主公吗？"

勘助说罢，只见公主依然俯身在地面上，却用力地摇了摇头，没有听到呜咽之声。

"您为何不怨恨主公呢？"

这时，公主直起身来，表情呆滞而空虚。

"我，喜欢主公。"

"不管他怎么说喜欢——"

"不，说喜欢的是我。我早就知道主公有正室三条夫人。我明知道会引起他家里的纠纷，可我还是想为他生下一位小少爷。刚才您所说的，我所不知道的那位，对我来说只不过是跟三条夫人差不多的另一个人罢了！无论有多少我不知道的事情，我也必须忍耐下去。这都怪我自己。只是，从今往后，大概我会过着痛苦而悲伤的生活吧。"

公主丰润而美丽的面颊，在清晨的微光中，仿若能面①一般，毫无表情地呆在那里。

"您可知道我今天不待天亮就来到这里，所为何事？"

勘助说道。

"不知道。不过，总觉得有些可怕。"

"我是来取你性命的。"

勘助原以为公主听了此话后会大吃一惊，谁知公主却并未如此动容。

"嗯，就是觉得好像有这样一股劲儿。"

"那您为何不加防备呢？"

"我想，若这是主公的意思的话，我也就献上自己的性命好了。"

公主说道。勘助心想，女人的心情真是难以理解啊。这位公主如此的自我牺牲的心情，勘助是做梦也没有想到。

"主公不知道这事，是在下自己想要来取公主您的

---

① 能面：能乐所用的面具，有200种以上，分为鬼神之面、老人之面、男面、女面等种类。有时也用于形容美丽端正而无表情的容颜。

性命。"

"那样的话，为何还不动手？"

这时公主的语调猛地强烈起来，美丽的双眼绽射出的目光直直地打在勘助脸上。

"在下认为，您的两位小公主，以及您肚子里的孩子，对于武田家来说都一定会是很重要的人物。都一定会是由布姬殿下所生的胜赖大人的好弟弟与好妹妹的。"

"那可不好说。或会影响武田家的安泰也不一定——"

"不，若是公主您抚养长大的孩子，都会是武田家的宝物。一定是这样的。"

勘助顿了一顿，又道：

"在下名叫山本勘助。"

"我知道你。刚才你来到这屋子的时候，我就猜想多半是你。"

"从今往后，请让在下勘助为公主您效力吧。无论是两位小公主，还是您将要生下的孩子，我勘助定会拼上性命来保护他们。您有什么不顺心的事情或是悲伤的事情，为了这个武田家，请务必要忍耐下去。只是，由布姬殿下的孩子胜赖大人已经在一年前出生，还请公主您务必让您的孩子尊其为兄才是。"

"……"

"若是您能答应，我勘助将会以性命——"

公主沉默了片刻，开口说道：

"那么，就拜托你了。"

小声地说了这句话之后，公主轻轻低下头去。

"还有，今天在下勘助前来造访之事，请不要说给主公知晓。"

"我知道了。"

"另外，在下还有一个请求。请无论如何不要对主公——"

勘助本欲说"不要趁主公熟睡对他下手"，但转念一想，对这位公主似乎毋须担心这个。

"请无论如何不要怨恨主公……主公的身体也不太好。我要说的便是此事。"

"怨恨主公这样的事——"

公主那脸上只有与怨恨毫不相干的悲伤之情。

"请恕在下冒昧，还不知道公主您尊名是？"

"於琴。"

公主简短说道。

"於琴公主，真是美丽的名字啊。"勘助说。

勘助又在积翠寺这所别院待了约莫半刻，便从於琴姬这隐居之处告辞出来。

回去的路上，勘助没有策马疾行。勘助寻思，虽然於琴姬口中那样说了，但她毕竟是女人，这以后事情也不一定会如想象一般顺利。不过，更为麻烦的却是由布姬那边。若这事让她知晓，气性刚烈的由布姬搞不好会闹得晴信跟於琴姬都没法活下去吧。但这事她早晚会知道的。还是得找个适当的时机，想个巧妙的法子，既让她知晓此事，又不至于对她产生太大冲击才是。

勘助不知不觉地站到了保护由布姬与於琴姬二人不受正室三条氏势力侵害的立场上。不过，勘助的心中并不十分忧虑。若是於琴姬的孩子被抚养长大之后，能真正成为胜赖的左膀右臂，那么这对胜赖来说就决计不是一件坏事。

勘助在古府城外的一户农家中打发了一顿饭，便以与来时相仿的速度策马飞驰而去。

自古府一刻也不停息地纵马驰骋了三里地，勘助来到韭崎的一个村落。从那里离开时，勘助远远望见釜无川广阔的河滩之上有三匹马在那里休憩，却不见乘马之人，想必是去哪里用饭了。勘助策马奔向河滩的相反方向。虽说取道这条路的话，会绕一个大弯，但勘助却不想在此刻与晴信碰面。勘助寻思，得找一个非常合适的时机与晴信见面才是，那时务必要让晴信从此不再接近女色。

自韭崎至高岛城大约有十三里路，这一路上勘助马不停蹄地狂奔。勘助很想见见由布姬,也很想去看一看胜赖。此外,还要令刚从海野平原返回高岛城的将士们兵不解甲、马不离鞍,就此向高远地方进发,务必要将那一带纳于武田家的掌握之下。

待攻取高远城之后,须得将由布姬与胜赖安置在那里才是。勘助如此想道。

自天文十七年秋天至天文十八年①的上半年,发生了多起小规模的战斗。在与越后的景虎再次对阵之前,为了免却后顾之忧,务必要将信州一带的反武田势力清剿干净。勘助随军参加了伊那、木曾、松本等各地的小战斗,慢慢地让晴信的势力在这些地方扎下根来。

八月之初,勘助终于得以解下甲胄,过了几日久违了的普通生活。这期间,由布姬差使者来到勘助的住处,让他速速前往观音院。勘助已约莫三个月没有见到由布姬了。于是勘助立即上马,疾速驰向由布姬的居宅。

刚踏入观音院门口一步,勘助立时感到气氛有些不对。勘助来到与由布姬寝间相邻的房间内,屈膝坐下。

"公主。"

勘助道。

---

① 天文十八年:公元1549年。

"你进来罢。"

听到此言,勘助便打开拉门,进入由布姬寝间。

由布姬背向壁龛端坐在那里,脸色似乎有些发青。见得勘助进来,由布姬倏地沉声喝道:

"勘助,你能认真地看着我的脸吗!"

这声音有些发颤。

"啊?"勘助不由得低下头去,心中暗忖:除了於琴姬那件事以外,自己对由布姬可没有隐瞒过任何事情。但是,这事不应该如此轻易就传到由布姬耳中才是。不要说由布姬,就连武田家的宿臣老将们,知道於琴姬之事的人,亦是少之又少。

"你能直视我的眼睛吗!勘助,快明确地回答我!"

勘助没有回答,只是默然地看着由布姬的脸。

"你在看着我呢,还是没有看着,从你勘助这脸上可看不分明。"

由布姬恶狠狠地说道。

"大概一个月前,一位叫作於琴的侧室在古府生下了一个男孩,这事你可知晓?"

这事勘助却是第一次听到。虽说勘助亦留意到於琴姬的产期临近,但由于那些时日战事众多,却无闲暇抽身前往古府。

"在下不知。"

"你说不知是什么意思？是第一次听说她产下男孩这事吗？"

"是的。"

"那么我问你，你当真不知道於琴生下孩子这件事吗？快说清楚！要是有半句谎话，勘助，我可不原谅你！"

"……"

"於琴这女子，你以前就知道吧？"

勘助暗忖，既然已经说出了於琴姬的名字，想是隐瞒不过去了。话说回来，这事到底是如何泄露出去的呢？这真让人奇怪，也让人心里不快。

"曾经见过於琴姬一次。"

勘助终于下了决心，说道。

"为何要对我隐瞒此事？"

"……"

"不能说吗？"

"比起这个来，更重要的是，是谁把这事告诉公主您的呢？"

"是主公。"

勘助猛然倒吸一口凉气。

"主公怎会把这样的事情——"

"你是说主公不会把这样的事情告诉我吗?"

由布姬脸上表情一动不动,只有嘴角似乎浮现出一丝冷笑:

"是我逼着主公告诉我的,就好像现在我逼问你一样。"

勘助默然不语,心中暗想:可不能马马虎虎地说话了。

"主公可是很坦率的,他还跟我提到你曾经到过积翠寺於琴姬隐居的地方。"

"哎?"

勘助不由低哼一声。

"主公怎会知道这件事!"

"这我可就不知道了。"

"可为何公主您会发觉於琴姬的事情?"

"你想知道吗?"

忽然,勘助觉得由布姬的身形在自己的眼里正渐渐变大,压迫过来。

"这可是勘助你这样的人做梦也不会想到的事情——是根据薰香的气味。古府的夫人(即正室三条氏)是很讨厌薰香的。然而主公来时,我却时有闻到浓郁的香气——"

"哦?"

勘助吃了一惊。

"因此我便派人前去古府,探寻那香气的来源所在。"

此时勘助眼里，由布姬的容颜变得从未有过的可怕。

"勘助！"

"是。"

"有一件事求你。你去把於琴姬和她的那些人带到这里来。"

"把她们带来之后又怎样呢？"

"这我还没想到，到那时再说好了。总之希望你去把她们带来这里。"

勘助再次沉默。

"既然你不听我的命令，那我自己来办这事好了。"

其实，由布姬也是想自己去办这事的吧。勘助暗想。由布姬为了把事情办到，可不知道会想出什么法子来。

"我明白了，我去把她们带来吧。"

勘助回答。

"几时能带来？"

"这个嘛……"

"我给你一个月期限。"

由布姬不容分辩地说道。

"我知道了。"

勘助再次回答。

这天勘助辞别观音院后，在高岛城宿泊了一晚，翌日早晨便出发前往古府拜见晴信。事到如今，除了跟这一切事件的责任者晴信好好谈谈以商量对策以外，勘助想不出别的法子了。而且这亦是一个契机，务必要使晴信断绝女色才是。

勘助一到古府，便径直来到居馆面见晴信。

与平时不同，今天的晴信满脸都是笑意。

"我来找您所为何事，您可知道吗？"

勘助稍稍板起面孔，如此说道。

"是前来告诉我，到了与景虎一决雌雄的时候了吗？"

"对不起，并非如此。"

"那么，却是为何呢？"

"请您再仔细想想，就会明白了。事情到了这个地步，可都是您一手造成的啊。"

"我不明白。"

"是由布公主和於琴公主的事——"

"由布姬知道了吗！"

晴信似乎非常吃惊，那脸上的表情很是困惑：

"这可麻烦了啊。"

"您装糊涂的话，在下勘助可不好办哪。"

"我可什么都不知道。她为何会知道於琴的事情呢？这可麻烦了啊。"

晴信说道。

"不是您自己跟她说了这事吗，那有什么办法。拜您所赐，我勘助可被由布公主好好地斥责了一顿哪！"

"不，一定是什么地方弄错了。这事情，我晴信可不曾对由布姬提起过半分。"

"但是，当公主逼问主公您的时候，您不是什么都对她说了吗？"

"怎么可能！"

晴信惊呼。脸上没有一丝一毫隐瞒事实和颠倒黑白的意味：

"勘助，看来你上了由布姬的当了。"

"啊，我倒是没有想到这个……"

不知为何，勘助忽然觉得自己有些没把握。

"主公，您当真没有跟由布公主说过这个吗？"

"哪些话可说，哪些话不可说，我想我还是有这个分寸的。"

"那怎么会……"

勘助冲口而出：

"因为您说您知道了我曾去过於琴公主隐居那里——"

"你去过吗？"

"哎？"

"你几时去的？去做什么？"

"您当真不知道吗?"

"不知道。"

"那可麻烦了。"

"觉得麻烦的应该是我吧!"

"由布公主严厉地命我将於琴公主带到她那里去——"

"这是由布姬跟於琴姬两位之间的事情,你掺和进去做什么。"

说罢晴信大笑起来。

"你且告诉由布姬说,我已经让於琴回到信浓的油川家去了。这不就行啦?"

晴信又笑起来。这番话哪里是真,哪里是假,勘助已经分辨不清。总之在如今的情况之下,也只好相信晴信所言了。

"如此一来,便也解了你勘助的围了。你便这样告诉她吧。"

不知何时,这情形反倒演变成为晴信来帮助勘助解围的局面了。勘助本是来此诘问晴信关于於琴姬的事情,并让晴信对今后该当如何作出承诺和保证,然而结果却成了另一副样子。

"将於琴姬送回信浓之后,那三个孩子可就得交给你勘助来安置了。除了你以外,休要让任何人知晓。拜托了。"

"是。"

"明天，你就带着三个孩子出发吧。"

当天勘助自晴信居馆告辞出来后，心里一片茫然。

翌日，当勘助再行前往城内拜谒之时，在城门处有三挺轿舆正等待着他。两位年幼的小公主与那位刚刚出生不久的婴儿，分别被三位侍女抱在怀里，各乘一辆轿舆。勘助于是与护卫着这三挺轿舆的二十名武士一道出发了。盛夏的太阳正热辣辣地照在大地之上。勘助曾经自此护送由布姬所乘之轿舆前去诹访，如今又护卫着由另一位公主所生的三位孩子往诹访进发。

回想起来，自己究竟为何要到古府来呢？勘助弄不明白。结果一句意见也没有提，却替晴信处理起男女之事的善后来。说起男女之间的事情，勘助无论如何也弄不出个头绪。若是对于攻城略地等战事，再怎么复杂，自己也能很快拨云见日一般清晰地看到要害之处，可对于这男女情事，自己却是一点儿也摸不着头脑。

总而言之，手中务必要拿定四座城池。把诹访交给胜赖，把高远城交给如今在轿中被侍女抱着摇曳颠簸的那个婴孩。嗯，让两人的领地调换一下也无不可。此外，还务必要把那两位小公主安置在相应的城池中才是。看来这以后可有得忙了啊。勘助正在如此寻思，忽听得身后响起马蹄嗒嗒之声，一骑快马自勘助一行旁边疾驰而过，瞬时远去。过不多时，又是一骑。

待得第三骑快马掠过之时，勘助打马赶了上去，与快马并头驰骋，一面转头问道：

"发生什么事了？"

"长尾景虎入侵北信一地，主公决定今晚率军自古府出发。"

"知道了，你去罢。"

勘助语毕，放慢自己坐骑的速度。那快马的坐骑身上已是大汗淋漓，在太阳照射下粼粼泛光，在勘助的目光中渐渐远去。

勘助身体微微颤抖。不过，这应该并非一场大战。勘助想道。因为景虎的大军并不擅长夏季作战。与先前考虑男女之事时不同，此际勘助的头脑中，却是无比清澈。

第九章

自天文十八年至天文十九年①，武田大军经历了数次合战，可谓兵不卸甲，马不离鞍，全无闲暇休息。这期间，与长尾景虎于北信之地亦有几番对峙，不过均未形成大规模的交战。大多数情况下，景虎总是见机收兵，退回越后。他那退兵的方式，巧妙得教人看了生气。

天文十八年，两军在海野平原对峙之时，景虎曾差使者给晴信送来书信。上书：

——吾自越后率军远征，进入北信之地，全非出自对于领土的野心，不过是受村上义清所托，恪守武士之道，以"义"之一字开启这战端而已。若阁下肯将自北信流放他乡的村上义清迎回，使其仍驻旧地，则吾即刻还军越后，再不踏入北信一步。

晴信看了书信之后，未与任何人商议，立时取笔针锋相对地回书一封：

---

① 天文十九年：公元1550年。

——将村上义清迎回北信之地一事，在我晴信有生之年是绝无可能。阁下的提议恕我拒绝，若要交锋，我随时奉陪。

晴信在写完这封回信之后，便将勘助一人请来，将回信给他过目。看过回信，勘助说道：

"如此甚好。只是，'若要交锋'之后，请加上'则请由阁下来发动战事'一句吧。"

"为何要这样写？"

晴信询问，心中多少有些不大服气。

"如今之时，倘若可能的话，还是尽量不要过于刺激景虎为好。应该反复地向对方强调，我方并没有很积极的交战意图。"

"你是说我军没有与景虎交战的力量吗？"

"绝非此意。虽说眼下亦有击败景虎的力量，然而在击败他时，想必武田家的武将会死伤泰半，那以后武田家便会陷入可怕的境地。而今，宜暂且与景虎相安无事，全力进攻木曾一地并将其纳于掌中。待所有后顾之忧尽皆解除之时，再择机与景虎一战定下胜负。如此方是上策。"

"那这一战定胜负的机会，何时才会到来啊？"

"这个嘛，我也不清楚。"

此时，晴信笑道：

"勘助，你打算永远活下去吗？"

"您说我吗？"

不知不觉，勘助已经五十八岁。自来到晴信这里仕官起，已在戎马中度过了七年的岁月。

"我勘助嘛，在做完三件事情之前，是不会死的。"

"三件事情是指——"

"其一，便是与长尾景虎的决战。我想在此战之中，亲手取下景虎的首级，呈于主公您的面前。这大战几时到来，我亦是引颈盼望着呢。"

"那么，第二件事情是什么呢？"

"第二件事情嘛，便是诹访少主的初阵①了。"

说这话之时，勘助将声音压低。这话确是有不方便被他人听到之处。毋庸置疑，所谓诹访的少主，便是指胜赖了。

"嗯。"

听罢此言，晴信没有说什么，只是把视线略为投向远方。

"第三呢？"

"第三件事情呢，却是实在难以启齿。"

听到这话，晴信不禁大笑起来。

"我明白，我大概知道了。再等上两三年再说吧！"

---

① 初阵：初次上阵参战。

"两三年时间可就太长了啊。请您务必尽早下定决心才是。"

这第三件事,便是让晴信皈依佛法了。每当勘助面会晴信之时,总会请求晴信尽早出家。并向晴信表明,若是晴信接受剃度的话,自己也会随之一同剃度。

当然,这事对晴信来说,是相当划不来的。五十八岁的勘助剃度出家,跟刚刚三十岁出头的晴信剃度出家,对各自的意义可全然不同。

因此,一提到皈依佛法的问题,晴信总是顾左右而言他,不愿照勘助的话行事。然而,晴信却又不能断然拒绝此事。他终归还得拜托勘助照顾由布姬与於琴姬两位公主以及四个孩子,至少表面上不要让她们生出事端,且尽力将她们之间的风波平息才是。

此外,勘助虽在口头上说,在做完三件事情之前他不会死去,然而实际上却还有一件事,在未看到此事尘埃落定之前,勘助亦不愿意失去生命。这事只是紧锁于勘助心中,没有对任何人泄露。因为此事实在不能向任何人提起半句。

这便是将晴信嫡子义信废黜之事。

若是义信继承了武田家业,毫无疑问,胜赖的前途将会一片暗淡。

勘助虽然讨厌义信本人,但更厌恶围绕在他身边的那一群势力。若义信不再是武田家的继承者的话，那群势力便会宛如烟雾一般散去。然而义信那武田家继承者的身份存在一天，那莫名的势力便会以他为中心团聚在一起。

总之，首先得让晴信出家，其次要将义信废黜，第三便是让胜赖在初阵之时建立功名。当这一切如愿之后，便到了取下长尾景虎首级之时。是先取下景虎的项上人头呢，还是先扶持胜赖初阵的功名呢，勘助想象不出。勘助只知道，击败景虎一事，并不比让晴信下定决心废黜义信一事容易。

因此，在如今这个时候，勘助总是努力避免将与景虎的对峙演变为决定性的大战。与景虎的决战，务必要在武田家各方面的实力都达到顶峰之时方可进行。勘助如此认为。

天文十九年，景虎在善光寺山下布下阵势。勘助阻止了晴信当时便想与景虎决一死战的意图，并让他写了一封书信，差使者送呈景虎。信中写道：

——你我之间并无私怨，而似这般数度对峙，实属无益。不知阁下以为如何。对于入侵我甲斐一国之敌，无论对手是谁，我均当决一死战。然而除此之外，我却无意徒然挑起战端。

在使者出发后的翌日午时，景虎便干净利落地拔营率军返回越后。

景虎的如此举动，让勘助心中暗自吃惊。退军毫不拖泥带水，无一丝迟滞之感，这可不像一位二十岁前后的年轻武将能办到的事情。景虎屡次出兵北信，每每引得晴信率军自甲斐前来相峙，似乎正是在探寻于己最为有利的决战契机。

时间不觉到了天文二十年①一月。

这一日，勘助应由布姬召见来到观音院。天文十八年夏天，由布姬曾向勘助诘问过於琴姬之事，那次使勘助十分狼狈。不过从那以后至如今的一年半之间，由布姬再也没有提过於琴姬的事情。这让勘助暗自庆幸，久而久之，便也把於琴姬之事搁在了一旁。

勘助没有料到，今番他刚刚来到由布姬跟前，由布姬劈头就问起於琴姬的事来：

"夏姬、春姬、信盛②，他们都还好吧？"

"是的。"

勘助回答道。於琴姬的三个孩子由自己负责安置并养育之事，勘助并未向由布姬提起过。不过这事或许从哪里传入了由布姬的耳中，因此眼下从由布姬口中说出此事亦不足为奇。

"你能让那孩子跟胜赖正式见一次面吗？你曾说过，将

---

① 天文二十年：公元1551年。
② 信盛：仁科信盛。信玄第五子，后继承了仁科家家督。

来那孩子会成为胜赖的臂膀,这话我可是深信不疑的。"

勘助对此倒并无异议,不过,他注意到由布姬此时的表情与说话方式约略有些冰冷。随即,由布姬淡淡说道:

"这一年以来我可是受尽煎熬,我不想再这样痛苦地熬下去。我以前还曾经想过要取下主公的首级,如今却已然没有了这样的心情。"

勘助抬起头来看着由布姬,却无法明白她内心到底在想什么。

"我想,於琴姬也是同样如此痛苦吧。"

"嗯。"勘助觉得仿佛自己受到指责一般。

"我想,不如我与於琴姬二人一同,离开主公身边,从今往后两人在这观音院中融洽地生活下去,却也不错。"

"您这样说,但於琴姬呢?"

"我已经差使者去到於琴姬那里向她述说了我的打算,她亦是赞同的。"

"哎?"

由布姬的话语总是时不时地让勘助感到吃惊,这次也没有例外。

"您派使者到油川大人那里去了?"

"油川大人?"

由布姬细声问道,然后不由得笑了。

"勘助你还真以为於琴姬已经回到油川家去了吗?"

"我是这样想的。"

"真是个笨蛋啊!"

由布姬再次失笑,笑毕又道:

"算了,这事且不去管他。总而言之,我与於琴姬二人已经下了决心,这事请你转达给主公吧。"

"是。"

勘助简短地回答,除此之外别无办法。勘助亦不清楚这究竟是怎么回事。不过,由布姬居住在观音院中,对各种事情却是了如指掌,这还真叫人不可思议。

"总之,您二人便要一起在此居住了,是这样吧?"

"正是如此。"

"这可是了不得的事情啊。"

将来会变成什么情况呢,勘助有些担心。

"你不用担心。"由布姬好似看穿了勘助的心思,"我二人决定削发为尼。"

"什么?"

"已经下了如此决心。"

"却是为何急急下了这样的决心呢?"

"主公自去年开始便一门心思进攻木曾。为何主公对这木曾如此用心,勘助你可知其中缘由?"

"进攻木曾一事，是在下勘助向主公建议的。"

"或许如此。不过，主公所考虑的，跟勘助你却有稍许不同呢。"

由布姬说到这里，顿了一顿，此言似乎话中有话。见勘助茫然不解，由布姬只得又道：

"我听说，木曾大人妻室有一位表姐，是远近闻名的美人。"

"或许是有这么一位，不过，那又怎样呢？"

"主公攻略木曾，意图不在于土地，而是在于这位美丽女子。"

"不会吧！"

勘助吃了一惊，心下暗自转念一想，也觉得晴信心里或许真的藏着这个打算。说起来，勘助也感到晴信进攻木曾的方式，与攻略他国之时似乎确实有着些许出入。

不过，勘助在口头上，却要否定这一点。

"我勘助是非常明白主公这人的，攻略木曾一事，是公主您——"

"你是说我在往不好的方面瞎猜吗？"

"不敢说是瞎猜，总之，是您多虑了。"

由布姬没有接下话茬，话锋一转：

"我上次那件事情，主公是怎样做的？那时的事情，勘助你可是清楚地知道吧。勘助,你这次又想从木曾为主公迎接一位女子过来吗?那可够你忙的啊!"

由布姬提到自己与於琴姬这件事情,勘助便无话可说了。

"总而言之,勘助我会好好地跟主公说清楚这件事情。请您不要再去想削发为尼之事,一丁点儿也不要去想。"

其实勘助想的是,倘使由布姬与於琴姬两位当真削发为尼,那晴信可就真的会去找年轻女子来做侧室了。

"要么我们去当尼姑,要么就请主公停止进攻木曾。若是立即停止进攻木曾的话,那么我二人削发为尼的事情,也可从长计议。"

"停止对木曾的战争这件事——"

"你是说办不到吗?"

平定木曾一地,对此时的武田家来说可是当务之急。要向晴信建议中止作战,这是根本办不到的事情。

"总之,我会跟主公好好谈谈。"

勘助回答。

翌日,勘助出发前往古府拜谒晴信。勘助下定决心,今番定要力劝晴信皈依佛法,并立誓断绝女色。只有如此方可打消由布姬的疑念,让攻略木曾一事顺利进行下去。

勘助来到晴信跟前,已是拜访由布姬那天之后第三日的下午。勘助请晴信屏退左右，然后说道：

"我有一事想问问主公。"

勘助决定要把事情问个水落石出：

"主公，您把於琴公主藏到什么地方去了？"

听得此言，晴信脸上一副"麻烦事情又来了"的表情。不过晴信还是厚着脸皮坐在那里，满不在乎地说道：

"依旧安置在积翠寺里。"

"您不是说让她回信浓的老家去了吗？难道那是说谎吗？您的确是那样对勘助我说的呀。"

"我原本是想那样做的，但於琴说她不愿意回去。因此就依然让她住在那里了。"

"好吧，这事情如今也没法改变了。只是，由布姬已经清楚地知道了这事，并且邀约了於琴姬，两人都决心削发为尼呢。"

"哎……"

"怎么办呢？"

"不好办哪。"

"您的两位侧室一齐当了尼姑，这事传到别国去可会成为笑柄的。"

勘助板着脸说道。

"勘助我以为，只有主公您皈依佛法，才能解决此事。

唯有如此，才会让两位公主不再胡思乱想。"

"胡思乱想？"

对晴信此问，勘助没有立时说明。

"胡思乱想是指何事啊？"晴信追问。

"不仅仅是那两位的疑惑。主公此举，亦会消除世间众人的疑念——"

"世间众人的疑念又是什么？"

"世间众人的疑念，那可就是千奇百怪了。譬如主公您攻打木曾一事——"

勘助说着，一面抬头盯着晴信的脸，那视线不离分毫。

霎时间，晴信不禁脸色一变。

"那可不是世间众人的想法。是勘助你一个人的想法吧。"

"在下勘助一个人的想法的话，可不会得出那两位公主都要削发为尼的结果。"

"世间众人怎么想，我可不感兴趣。"

晴信小心翼翼地回答。或许晴信是想，马马虎虎地敷衍的话，会让对方抓住把柄，因此他不知何时忽然慎重起来。

"总之，到明天为止，请您仔细考虑一下吧。"

说罢，勘助从晴信居馆告辞。

勘助每次前来古府，均在板垣信方的旧邸宿泊，这次也不例外。安顿好之后，勘助在入夜时分来到片侧町①中一位叫作当松庵的僧人处拜访，请他去劝说晴信出家，以便让晴信不再接近女色。这位当松庵自两年前起便与勘助交好，是一位值得信赖的人物。

当松庵告诉勘助，只凭自己一人想要说服晴信皈依佛法，恐力有未逮。若是能自足利②邀请到晴信素来尊敬的桃首座③，请他来劝说晴信，晴信或会答应出家。

因此翌日，为了拜会桃首座，勘助便骑马径直向足利驰去。比起差使者前去送信，还是自己亲自去一趟为好。勘助如此认为。

当松庵与桃首座二位僧人一同来到古府拜会晴信，是二月初的事情。桃首座一见晴信，当即说道：

"您的生辰八字确是非常之好，但其中却也显示，在正午之前诸事大吉，而正午之后则呈虚盈兼有之相。我二人今番前来，便是为着此事。"

勘助置身于座席一旁，默然盯着晴信。晴信阴着一张脸，听着两位僧侣说话，心中委实不快。

---

① 片侧町：仅仅在道路一侧建有房屋的街区。
② 足利：此处是地名，位于下野国（今日本栃木县足利市）。是足利氏的发源地。
③ 首座：禅寺修行僧人的寺职，其地位仅次于住持。

"所谓正午以前,乃是指人生的前半所言,正午以后,便是指人生的后半了。若以人生六十年计算的话,正午便是三十岁前后。馆主大人您如今已然踏入人生的后三十年,既然正午之后呈虚盈兼有之相,那么还请务必尽快考虑对策,早作打算。"

桃首座说道。

"要怎么办才好呢?"

晴信询问。这时,勘助在一旁插话:

"此时,还以皈依佛法,以示敬畏天命为宜。如今纵观这世间,多少自古以来的名门皆落得一个灭亡的下场。万一武田家亦到了破亡的时节,那也并非什么不可思议的事情。只是,自新罗三郎义光公以来,武田家代代家督弯弓被甲、呕心沥血直到如今,才使家道未曾衰落。到了主公您这一代,倘若——"

"我明白。"晴信打断勘助道。

"不,您并不十分明白。"勘助说。

"我明白、我明白。出家皈依佛法,以示对天命的恭顺,这不就行了嘛。"

"如果仅仅是做做样子的出家,那也是不行的。既然出家,还请务必下定决心不要再接近新的女子,这才是最重要的。"

趁此机会，勘助把久久萦绕在自己心里的话一口气说了出来。

晴信举行出家仪式，法名德荣轩信玄，道号为机山，这是二月十二日申时的事情。从此，晴信便成为了信玄。

那时与信玄一同剃度的武将，有原美浓守、山本勘助、小幡山城守、长坂左卫门尉一干人等。原美浓守道号为清岩，勘助道号为道鬼，小幡山城守道号为日意，长坂左卫门尉道号为钓闲。

二月十五日，有了道号"道鬼"的勘助回到诹访，又过了两三天，他前去观音院拜访由布姬。

勘助来到由布姬跟前，仔细地告诉了晴信剃度之事。由布姬看着勘助的脸，忍俊不禁，扑哧笑出声来，道：

"你辛苦了。连勘助你也一块儿剃度了，真是可怜！"

"如此一来，公主您就不用削发为尼了。"

"削发为尼？啊，那件事情，勘助你当真了吗？"

"哎？要削发为尼的事情，您是说的假话吗？"

"无论是假话也好，真话也好，削发为尼这种事情，由布我可从来未曾考虑过。若是真的当了尼姑，那岂不是就输给主公了吗？"

"那么，说於琴姬亦愿意削发的话，也是骗人的吧？"

"於琴姬的事情我可不知道，或许她现在已经当了尼姑亦未可知。"

"真是的！"

勘助想说真是岂有此理。

"於琴公主若是当了尼姑，那可——"

"或许已经成为尼姑了吧，因为我是如此命令的。"

"那样的话，岂非完全上了公主您的当了吗！"

"勘助，你是站在哪一边的？"

"您说我吗？"

勘助顿时无言以对。

"勘助！"

由布姬大喝，似要叱责勘助。不过稍顷，由布姬却静静说道：

"到外面去走走吧。我想与勘助你一同去看看桃花。"

勘助跟在由布姬身后，走下观音院门前的那条缓坡，来到大路之上。然后又自天龙川的源头沿着河岸一路步行。附近一带颇多桃树，在这依旧带有冬日寒冷之意的空气里，薄红色的桃花在山丘背后及杂木林中兀自点点绽放。

"勘助，我不想活得太久。"

由布姬缓缓踱步前行，一面说道：

"你看，这手臂可是越来越细了。"

说着，由布姬捋起衣袖。果不其然，由布姬那原本就很瘦的胳膊，如今却已不盈一握，肌肤白得教人心痛。

"您觉得冷吗？"

"没有，我不冷。"

由布姬回答。未几，又开口道：

"让勘助你劝说主公出家，让於琴姬削发为尼，这诸般事情由布我不该做吗？"

"不，绝无此意——"

勘助答道。只要是关于由布姬之事，无论她做出什么事情来，勘助也不会觉得不应该。由布姬在想着什么，在做着什么，那都不是自己能够去责难的。勘助如此认为。

"桃花可真漂亮啊。只是如此美景，却不知明年是否还能看到。"

"公主您可不能这么想。"

"不过，我确是想不要活得太久才好。近日来，我真切地觉得，女人这种生物很可悲呢。在知道於琴姬那事情的时候，我感到深深地受了主公的伤害。然而，不知何时起已经开始慢慢习惯，夹在正室夫人与於琴姬两位之间，一直活到如今。并且，往后主公若是又有新欢，我也只能在痛苦与悲伤之中继续活下去，在见到主公之时，却依然还要强颜欢笑。这样的生活，我已经厌倦了！"

说到最后，由布姬的语气激烈起来。

"已经毋庸担心此事,主公已经出家了。"

听到这话,公主笑了。那笑声在早春的空气中冷冷地回荡。

"出家这种事,能改变什么吗?不过是自京都颁来的一纸大僧正任命的诏书罢了。大僧正?主公吗?哈哈,多么怪异啊!那位主公会是大僧正!"

这笑声与先时稍有不同。

"公主!"

勘助感到公主此时有些失去了理智。从由布姬的举动看来,也教人无法不如此认为。

"说真的,我呢,只爱率军出征打仗之时的主公。那时的主公,无论是正室夫人的事情、於琴姬的事情还是我的事情,都一点儿没有放在心上,一门心思只是想着如何在战争中取胜。我便是爱着那样的主公。那时候以外的主公,我却从心里讨厌。我只想让胜赖学习主公在战斗中那威风凛凛的样子。勘助,你能让胜赖成为那样的武将吗?拜托你了。"

"请您不用担心,胜赖大人一定会成为海内第一的武将的。我想,他定会成为迄今为止从未有过的强壮英勇的大将。每当我眼前浮现出头戴诹访法性之盔的胜赖大人时——"

每当勘助想象胜赖的如此身姿之时,都会浑然忘我,醉心于宏大的梦想之中。此时，勘助梦想中的第一大事，非胜赖成年莫属了。

勘助尊敬着信玄，同时也敬慕着由布姬。在这世上，绝无第三个人能让勘助持有如此心情。而对继承了这二人之血的胜赖，一方面要保护他不受到外来的压迫，一方面要教育他成为优秀的武将，这正是勘助今后的唯一使命。

"勘助，回去了吧。"

在由布姬说话之前，勘助一直远远望着对面丘陵的山坡。而实际上，他什么也没有看，只是兀自想得出神。

这时，一位年轻武士纵马前来，到得勘助身旁，翻身下马说道：

"主公马上就要到了。"

"什么？主公吗？我这就回去！"

勘助暗想，莫不是又有战事了。而听得信玄到来，由布姬的脸上也渐渐有了生气，这情形勘助清楚地看在眼里。

"您也请尽早回去吧。"勘助对由布姬说道。

"且折上两枝桃花吧。对于听从建议、皈依了佛法的主公，我这里却没有可以用来褒奖他的东西，就请他看看桃花好了。"由布姬说。

一时，由布姬说这话的表情让勘助看得入神。与於琴姬相比，果然还是由布姬更加美上几分啊。勘助心下暗想，不

201

禁对此感到十分满足。

勘助与由布姬急急回到观音院。勘助原以为又有战事，不料却见得信玄坐在走廊之上，一脸悠然的表情。见到由布姬自屋外折来的桃花之后，信玄道：

"已经到了桃花盛开的时节了吗。"

"桃花早在一个月前就开啦。"

由布姬说。

"噢，这样啊。我却一点也没有注意到呢。"

信玄回答。对于如今在信浓、甲斐的山野中点点绽放的桃花，却丝毫也未加注意，这全是因为信玄那脑海中每天都在考虑着战事的缘故。

剃度之后，信玄的脸看起来总教人感到有些冷飕飕的。由布姬亦觉得信玄这样子有些怪异，拼命地忍住心底的笑意，然而关于信玄剃度一事，却没有提及一言半语。

"我还以为您要出征了呢。"勘助说道。

"出征吗，我想偶尔也要休息一下才好——"

尔后，信玄转头对由布姬道：

"你去准备酒宴吧。"

此时，勘助正准备告退，让由布姬与信玄二人独处。信玄却深有感触地说：

"我们似乎很久没有在一起喝酒了啊。"

信玄、由布姬与勘助三人同饮,这却是破天荒头一遭。自回廊向一侧的湖面望去,那湖水依然呈冬日暗淡之色。湖面十分平静,没有一丝波澜。以诹访湖相隔的远方群山,山巅积雪兀自未融。

"你让咱俩都入了空门,这以后,又该当如何呢?"

信玄在谈笑中似是不经意地忽然说起此事。

"若是让我进攻木曾,我便去进攻木曾。若是让我进攻越后,我便去进攻越后。一切按由布姬所言行事好了。"

"按我所言行事?"

由布姬静静说道。

"主公,您今日对我说话为何如此亲切呀?"

"并非是亲切啊。如今我心中可是充满迷惑,不知道下一步如何是好。因此想自你的言语中,来决定自己往后的举措。眼下正是我信玄这一生中面临的最大难关,我无论如何殚精竭虑,也无法得出结果。如今我只想自由布姬的言语之中,去寻找今后的方向。我与勘助二人,能够考虑的,我们都已经考虑尽了。"

信玄此时的语气,却不似在说笑。勘助听罢,心下暗忖:信玄这话,亦有几分确是事实。武田家此时正陷于一种困境之中。不过,要以由布姬的所言来决定此后的方针,信玄如此行事，难道不是对自己的一种牵制吗？

信玄是打算举全军之力，木曾也好、长尾也好，一口气将拦在自己面前的这些敌人统统扫除干净。虽然勘助总是劝说信玄要谨慎行事，而信玄却对此不以为然。因此，大概信玄是想将由布姬的所言当作绝对不可违逆的命令，不容勘助置喙，从而一鼓作气地将事情推动下去吧。勘助寻思，信玄定是作的如此打算。

而由布姬无论说出什么话来，信玄都必将照此行事，从而赢得胜利。这位刚刚出家的甲斐年轻武将便是持有如此的自信。

"那么，我便说了。"

由布姬毫无踌躇，开口说道。勘助抬起头来，看着由布姬。

"去讨伐木曾怎样?！您不是一直想去讨伐木曾吗。"

由布姬的语气多少带着一点挖苦的意味。

"木曾吗。"

信玄说道，脸上稍显不快之色。

"讨伐了木曾之后，便请让古府的公主[①]与木曾的大人结亲如何——虽说迄今为止，都是从战败归降的对手那里索要人质，就像我那时一样——"

[①] 古府的公主：此处指信玄之女。

由布姬说到这里，微微一笑，接着道：

"不过，将灭亡了家门的子女作为人质安置在身旁，这可是十分危险的事情啊。比如我的事情，因为是我，所以主公您是很幸运的，只不过是剃度便了事。若是别人，您的性命可就没有了。"

由布姬的语气不容置疑。信玄一副大感意外的表情，说道：

"岂有此理。"

"不，我并没有夸大其词。我心中所想如何，勘助是很清楚的。我此言并非出于嫉妒之心。您若是想让木曾那位美丽的女子坐上轿舆来到甲斐，那可是一件相当严重的事情！霎时间，您便会失掉性命的。被灭了家门的人，心中所持的是何等心情，我可是十分明白。还是反其道而行之，请向对方送出人质为好。"

"唔——"

勘助不由在一旁沉吟道。由征服者一方向被征服者一方送出人质，确是自古未闻之事，不过这个办法或许能够取得谁都意料不到的效果亦未可知。大概正是因为由布姬自身便是人质，所以反而能够清楚地意识到这一点吧。

"唔——"

勘助再次沉吟一声。信玄似乎被由布姬的话打动，便从她所言，即刻说道：

"好，便讨伐木曾吧。"

而后，信玄将脸转向勘助：

"勘助，如何？"

"在下勘助亦赞成此举。与越后相比，还是先将木曾的事解决掉为好。而在讨伐木曾的同时，还应确实地把与今川、北条两家同盟的关系稳固下来，这也是非常重要的。"

由布姬之言，在勘助的脑海里点下了小小的火种，此时这火焰正迅速地以燎原之势向四面八方扩散开来。

为了巩固与北条家的同盟关系，须得将信玄正室所生的长女嫁到北条家。同样，亦要让北条家将女儿嫁与今川家，今川家将女儿嫁与武田家才是。这正是数年之前勘助曾考虑过的事情，如今却有了新的意义。想到此处，勘助不禁眼前一亮。如此一来，武田、北条、今川三家便相互结成了姻亲关系，对于武田家来说则完全免却了后顾之忧，信玄便可专心与上杉景虎一决雌雄。那长尾景虎已于天文二十年八月自上杉宪政之处接受了关东管领之职，并继承了上杉之姓，称作上杉谦信景虎[1]了。

---

[1] 上杉谦信景虎：此处为原文。实际上，天文二十年之时，景虎并未出家。历史上，景虎继承关东管领一职及上杉家姓氏，是在永禄四年(1561年)，而景虎出家并起法名为"谦信"，更是元龟元年(1570年)的事情了。

勘助将自己的想法详细地告诉了信玄。信玄听罢，却没有立时作答，沉吟良久之后，突然说道：

"由布姬你且先退下吧。"

于是由布姬顺从地起身离开，席间剩下信玄与勘助二人相对。不知何时夜幕降临，四周已然昏暗下来。

"我叫人来把灯点上吧。"

勘助说道。

"不用。"

信玄摇摇头，道：

"今川、北条与我武田家的同盟，能够一直存续下去吗？"

"这个嘛——能够存续多久，眼下我亦无法判断。不过此事若能尽快达成的话，我想这同盟至少应能维持到我们击破上杉景虎之后吧。若是连景虎都能击败，就算那之后同盟破裂，亦是不足为惧了——"

"亦是不足为惧了吗？"

"是的。那时再依次将北条、今川两家征服，亦是简单之事。"

"勘助！"

信玄忽然厉声喝道：

"如果事情到了那个地步，嫁到北条家的公主会如何呢！

并且,迎娶了今川家之女为妻的义信会如何呢!"

此时,勘助不禁感到自己身体微微颤抖。信玄似乎已经一眼看透了勘助潜藏于心底的念头。

"从由布姬之言,还会有一位公主被送到木曾去啊。如此一来,义信这兄妹三人——"

信玄说到这里,顿了一顿,语气忽然变得有些沉重:

"真是不幸的三个人啊。"

"主公。"

勘助慌忙出声。

"你也不用介意。我不过是猜想或许会有如此结果罢了。但是,对如今的武田家来说,依照先前所言行事却是迫在眉睫。为了武田家的家运,不得不如此啊。这些事情尽快着手进行吧。"

信玄严肃地说道。

这时,勘助第一次从心底对信玄产生一种畏惧。他忽然觉得,作为自己与由布姬一向最为敬畏的主君,信玄此时忽然变得有些可怕。对于自己与正室的孩子们将会被置于的立场中潜藏着何等危险,信玄心里自然十分清楚,然而他却仍然采取了勘助的策谋。在这以前,勘助尚感到信玄有几分年少轻浮。虽然勘助将他作为海内无双的武将来尊敬,然而却认为他身上或多或少还透着一股年轻人特有的不稳之感。然而如今，这样的感觉已经荡然无存。

勘助无法判明信玄到底是否爱着由布姬，不仅如此，勘助也无法判明信玄心底究竟对自己如何作想。勘助虽然明白自己深得信玄信赖，但尽管如此，勘助依然觉得丝毫不能大意。

另一方面，勘助自身对信玄所持有的感情，却也十分复杂。虽然为了信玄，自己即使舍弃生命亦在所不惜，为了让信玄能够取得号令天下的地位，自己愿意做任何事情。然而这之间再加上一个由布姬的话，事情就不能再如此单纯作想了。不可否认，勘助持有强烈的心情，希望保护由布姬与胜赖不受信玄的伤害。

三天之后，信玄自观音院返回古府，留下由布姬与勘助二人。由布姬询问勘助：

"勘助，主公让我从席上退出之后，说了什么样的话呢？"

"没有特别的事情。勘助我向主公进言，请求尽快着手进行今川、北条与武田三家的同盟举措。"

勘助答道。

"我想主公一定清楚地看到，那样一来正室夫人及她的儿女们将会置于十分不利的境地吧。"

"怎么，您也看出来了？"

"看到那个时候主公那黯淡的神色，立时便会明白了吧。我想，主公一定是认为那样的举措对如今的武田家而言是当务之急，因此才特意命勘助你来着手进行。"

由布姬说罢顿了一顿，又道：

"还有一事，主公没有说出来。我想主公一定看出我此生已不会太长久了吧。主公若是认为我身体还很健康，还能一直活下去的话，必定不会轻易作出如此决断才是。正是因为看出我命不长久，不会在将来成为武田家的祸根，方才会采取如此措施的吧。"

"您身体安康，怎就会成为武田家的祸根呢？"

勘助唐突地问道，这时由布姬的神色倏地无比落寞：

"正室夫人的孩子们一旦陷入稍许不利的境况，我也免不了牵连其中吧。我的胜赖可是很可爱的。正室夫人的那些孩子，虽说也继承了主公之血，但我却十分讨厌他们、憎恨他们。我还真是无情呢！"

"您声音太大了！这些话可不能让人听见！"

"但这是我的真心话。"

"那可就更不能被别人听见了！"

"不过，勘助！"

由布姬默然稍顷，又道：

"不过，我这可怕的心情，却全都是因为爱慕主公。以前我还曾想过要取主公的性命，如今却全然没有了那样的念头。只是，想将主公与其他女性所生的孩子从这个世界上除掉。"

"那可不行啊！您可不能说那样的话！"

"除了勘助以外，我不会说给任何人听的。勘助，很可怕吧？我这样的女人——不用说，主公必定亦是如此作想。不过，主公亦已看出如此的我命不长久啦。"

由布姬说到这里，突然站起身来，狂笑不止：

"主公知道我不会活很久啦，因此，无论是把正室夫人的孩子们置于何种境地，都用不着过于担心了呢。"

"公主！请切勿如此看轻自己的生命！您会健康长寿的，为了胜赖大人——"

勘助感到，不知何时起，自己与由布姬同样都在为胜赖的将来而强烈地祈愿着。因此，他满心希望由布姬能够如此一直活下去。

由布姬命不长久这样的念头，在勘助脑海之中从来未曾闪现过分毫。勘助无法想象，没有由布姬的世界，会是如何一副模样。

第十章

信玄将今川义元之女迎为嫡子义信之妻，是天文二十一年①年底的事情。天文二十二年②七月，北条氏康亦将其女嫁与今川家，实现了两家的联姻。同年十二月，武田家的长女许配给北条氏康之子新九郎③为妻，嫁到了相州④。自勘助、信玄与由布姬三人在观音院中商议此事之日起，到如今三家同盟正式成形，已然花费了近四年的岁月。

自武田家去往北条家的送嫁队伍，声势可谓浩大至极。在这多达一万余人的行列中，三千位骑马武者护卫着数十挺大轿往前行进。那金革镶嵌的鞍辔、轿舆以及载着嫁妆的箱柜，莫不在这冬季微弱的阳光下粼粼闪耀。在一个寒冷冬日的傍晚，送嫁队伍进入小田原⑤城下。

---

① 天文二十一年：公元1552年。
② 天文二十二年：公元1553年。
③ 新九郎：后北条家继承人的通称。此处指北条氏康次子北条氏政。
④ 相州：相模国的别称。此时是北条家的领地。
⑤ 小田原：位于相模国。北条家居城所在地。

勘助亦在送嫁队伍中。不过到达之后，勘助没有与其他人一道留在小田原过年，只身返回了古府，向信玄禀报送嫁的情况。

"如今后顾之忧已渐渐消除，往后可就要着手进攻木曾了。"

"讨伐木曾，何时为好？"

"当在八月前后为好。因为四月之后，木曾川的冰雪才会融化，河流方开始畅通。"

勘助答道。

于是，攻略木曾的准备事宜，将在八月之前完成。

勘助自古府回到诹访后，前往由布姬处拜见。此时的由布姬愈发消瘦，肤色白得几近透明。缘此，她那原本就大而漆黑的眼眸显得更大，仰面视之，美得教人有几分心悸。

"正室夫人的千金已然嫁到北条家去了。"

勘助说道。

"如今终于到了征讨木曾之时啦。在那之后，便会与越后交战吧。——无论如何，我也希望能够活到那个时候啊。"

"您这是什么话呢！您务必要保重身体才是。击败了越后的上杉谦信，接着便要讨伐北条氏、讨伐今川氏了。"

"看来是没有办法活到讨伐北条、今川之时啦。"

"您要是不活到那个时候，可就看不到胜赖大人成为继承武田家的嫡子了。"

"我倒是很想看到呢。"

说到这里,由布姬似乎沉浸在欣喜的想象中,两眼放出光彩。

"那么请务必保重身体,活到那时。"

此时,就连勘助亦清楚地看出,由布姬的病情已然恶化。

信玄自古府率军攻略木曾,是同年八月下旬的事情。在进入木曾领内之时,当地豪族濑场开城降服,于是信玄暂时引军返回甲斐。

翌年,亦即天文二十四年①的正月,濑场主从二百一十三人前来古府恭贺新年,却被武田家悉数处死。尽管十分残酷,但勘助依然向信玄极力主张此举。虽说濑场已经归降于武田家,然而万一在进攻木曾之际忽然起了叛心,那对武田家来说可就大大的不妙了。

尔后,在三月七日,信玄正式发兵攻讨木曾。大军穿过木曾赘川,翻越习井岭,到达屋根原,并在此地扎下营寨。

而此时,上杉景虎入侵川中岛的消息传来。信玄因此亦一度率军进入北信,不过却未曾展开大规模交战。景虎引军归还越后的同时,信玄再次来到屋根原的阵地,继续进攻木

---

① 天文二十四年:公元1555年。

曾。此番，信玄令甘利左卫门尉①为主将，马场、内藤、原、春日②等四位侍大将为第二阵，率领武田大军沿着山岳地带直指御岳城而来。

战斗一经打响，武田军便以雷霆万钧之势吞没敌军，然后越过小木曾、沟口等天险关隘，宛如怒涛一般径直杀到木曾义昌的居城。实在是疾风迅雷一般的进攻气势。不过一天之内，武田军便将敌城攻下。最后，长久以来一直反抗武田家的木曾义昌，终于向信玄表示降服。

于是，信玄将正室三条氏所生次女嫁与木曾义昌，并令其安守领地，然后于同年十一月凯旋。而勘助刚一回到甲斐，便即刻率领五百亲兵出发往北信而去。

自勘助来到武田家仕官，不觉已流经了十余年的岁月。对勘助来说，此番前往北信，乃是他生涯之中最为辉煌的时刻。眼下，武田家必须击败的对手，唯余越后上杉谦信景虎一人而已。长久以来与景虎交战时所持的谨慎态度，力求避免与其决战的消极作战方式，往后再也不需要了。甲斐自不用说，如今南信③一带亦悉数臣服于武田氏的武威。并且本家与北条、今川两家亦结下了稳固的联盟，已然全无后顾

---

① 甘利左卫门尉：甘利昌忠。甘利虎泰嫡子。
② 春日：指春日弹正忠，高坂昌信，武田四名臣之一。被后世称为"逃之弹正"。弹正忠是官位。
③ 南信：指信浓国南部一带。

之忧。

勘助不顾景虎毫无侵攻的迹象,径直向北信一地进军,这种事情尚属初次。这回景虎要是敢于在北信之地现身,那么信玄必将迎上前去,展开一场孤注一掷的大战。为了这场大战,勘助一改从前的视点,再度重新审视北信一带的原野。

勘助一军进入小室一地,在那一带丘陵的缓坡上安下营寨。此时,来自诹访高岛城的快马到达了营地。乃是由布姬差来送信的使者。

想即刻见你一面,请采取适当的安排——信中如此说道。

于是,勘助在营寨安扎完毕之后,独自一人策马向诹访而去。由于军队没有面临作战的境况,越后军亦没有侵攻的迹象,因此就这样将部队留在此处,勘助也没有感到任何不安。

三天之后,勘助进入高岛城。此时由布姬已从观音院来到城中,于是勘助径直前往由布姬的寝间拜见。

"特意将你叫来,真是过意不去。"

由布姬静静地说道。

"也没有别的事情,只是想见一见你。"

不多时,酒肴送到。勘助就这样全身披挂地拿起酒杯,由布姬为他斟上酒，勘助一饮而尽。酒自喉头而下，流入他那满是疲惫的身体。

"勘助，今年多大岁数啦？"

"六十三岁啦。"

"自我们在这城中初次见面之时算来，已经过去十年了呢。"

由布姬感慨道。

"公主今年贵庚？"

"已经二十五岁了。"

"噢，可真快啊！"

"胜赖都已经十岁了呢。"

说到这里，由布姬命侍女将胜赖唤来。

勘助一年之中大约仅能与胜赖见上两三次。一天到晚总是打仗，就连见面的时候也没有闲暇好好聊聊。此时，是勘助今年中第二次见到胜赖。

胜赖来到房中，默然坐在母亲一旁。这是一个寡言少语，身体孱弱的少年，不过在勘助眼里，胜赖所拥有的一切特征都被他看作是优点。胜赖的容貌虽然不似信玄，但他那双眼睛，却与父亲一模一样。

"拜托了。"

由布姬对勘助说道。

"这便是我今天想对勘助你说的话。我一刻也等不及了，想对勘助你说这句话。为此特意将年过六旬的勘助从远方招来，请原谅我的任性吧。"

"我已经习惯了公主您的任性啦。"

勘助笑道。虽然不曾说出来，但由布姬的任性在勘助的眼里，却宛如能令人怡然沉醉于其中的美酒一般。自从与这位公主初次相遇直到今天，她那无处不在的任性，让勘助无法自拔。

那晚，由布姬容颜明艳动人，眼波盈盈流转，生气盎然，丝毫没有病人的样子。

当夜勘助在高岛城宿泊，翌日早晨便驱马返回小室。

回到小室之后，勘助感到疲劳如潮水一般向全身袭来。这晚，勘助在本营所在地附近的一座小寺庙的里屋中如死去一般沉沉入睡。

翌日清晨，勘助睁眼醒来，窗外已然明亮，晨曦自窗口洒进屋内，随着空气缓缓流动。

"有急报：敌方斥候正自海野平原向此地而来！"

报告之声在邻屋内响起。

"什么？敌方的斥候？"

"应该是越后军。"

"大概有多少人？"

"一千多人。"

"知道了。"

勘助起身，部下们已然在这小寺庙的院落中集合等候。在这冬日的寒冷空气中，他们不断呼出白色的气息。敌方人马虽说是斥候，但却是逾千人的大部队，既然自海野平原向此地进发，定然是意欲前来交战一番了。

"立即撤退。"

勘助说道。他可丝毫不愿因为一次无意义的小小战斗而徒然损失一兵一卒。

勘助自小室拔营，从南面的道路退兵。他料想自己既然退兵，敌军也不至于穷追不舍才是。

行了约莫二里之遥，突然一支羽箭"嗖"地从后方射来，自部队一旁掠过。勘助心头顿时火起，不过他仍然不打算与追兵交战，只是令部队加速行军，沿着山路继续南下退却。

不多时，前方忽然出现一骑快马，那骑马武士来到部队中央的勘助一旁，翻身下马：

"由布公主，昨夜去世！"

这来自诹访的使者带来了出人意料的消息。

怎么可能发生这样的事情！勘助不相信自己的耳朵。

"你再说一遍？"

"由布公主她——"

那使者将刚才的话语重复了一遍。

"你是说,公主她去世了吗?那位公主,去世了吗?!"

此时,勘助的坐骑倏地嘶声惨叫,后蹄扬起,几乎将勘助自马上掀了下来。这马的臀部,正插着一支羽箭。

"公主她去世了?!那位公主么?"

数支羽箭自他周围掠过。喊杀声亦自远处传来。

"快撤!"

勘助厉声喝令部队迅速撤退,而自己却跳下马来,亲手将插在马臀上的羽箭拔掉。与此同时,他身旁的部下们正在全力后撤。

"快撤!快撤退!"

勘助嘶声大喊。

当勘助再度上马之时,忽见丘陵方向上有一团敌兵齐齐拔出太刀直往自己身前迫来,有十数人之多。

"公主她……岂有此理!怎么会有这种事情!"

勘助无论如何也不能相信由布姬已经去世的消息。

又有数支羽箭从他身旁掠过,周围杀声四起,仿佛把他包围在了当中。

勘助驱马向西驰去,不多时却又折了回来。此时,左右各有十数名敌兵向勘助逼近。勘助策马不住地徘徊,心中乱作一团，口中只是大叫："公主！公主！"

然而，面对从四面八方不断逼上前来的敌方武士，勘助终于意识到自己处境不妙。一股憎恨之情在勘助体内游走冲突、激烈迸发出来。勘助伏身于马背之上，紧握手中短枪，以图杀出一条血路。此刻他虽身处险境，但心中却无丝毫畏惧，有的只是对这些不断近前的敌军的憎恶之情。

必须尽快冲出去。

勘助决定了突围的方向，拨转马首，向前疾冲。那气势似要将拦在自己身前的一切障碍全都粉碎。

这时，己方军中一部分担心勘助安危的武士们折返回来，与敌军杀作一团。

勘助手中短枪刺入一名敌人的身体，随即拔出，又将另一名敌兵挑翻。鲜血四处飞溅，将勘助胯下坐骑的腹部染得绯红。勘助前方敌兵黑压压一片兀自涌动，形状宛如阿修罗一般。勘助一振手中短枪，双足一夹胯下战马，径直向那团黑影扑去。

勘助自敌军的重围之中杀出一条血路，并沿着这方向一路狂奔。胯下坐骑犹如一支羽箭一般，在没有道路的原野上飞驰。勘助在北信之地遍布的丘陵之间宛如波浪起伏一般越过一座座小山坡，直向南而去。

公主她……

勘助口中数十次数百次地重复着这句短短的话语，不知行进了多长时间，忽然坐骑一声长嘶，前蹄一歪，侧身横倒在地。勘助亦被远远抛出，怀抱短枪在杂草丛中滚了两三圈，方才被灌木之根阻住势头，停了下来。

公主她……

勘助跳起身来，四下环视，寻找先时传来由布姬死讯的那位使者的身影。然而，身旁没有任何人。勘助向四周远方眺望，在这茫茫原野之中，除了勘助自己以外，亦没有一个人影。冬日正午的阳光微弱无力地散照着大地，被霜打枯萎的杂草丛中，唯有大片大片的芒草那银色的穗不断闪耀着光芒。或许因为没有风，这些银色的旌旗兀自伫在那里，一动不动。

——由布公主，昨夜去世。

勘助终于从自己的口中说出了先时那使者对他所说的话。

的确，自己的耳朵清楚地听到了这句话。由布姬去世，不就是说，由布姬停止了呼吸，那身姿自这个世上消失了吗！那么美丽而高贵的人儿，永远地从这个世上消失了吗！岂有此理啊！

勘助无论如何也不能相信这件事。不错，由布姬的身体已是消瘦得不盈一握，而她苍白得几近透明的脸上，清澈的双眸显得更大更黑，任谁见到如此的模样，均会认为是不久人世之相。勘助亦隐隐有此担忧。然而，公主她……那么高贵的人儿却……

勘助自杂草丛中起身，那马却已无法前行。在不知何方的遥远之处，响起了部队集结的号角声。那是己方军队的号角。

这日，勘助徒步向南行走了一整天。他时而如同发了狂一般向前狂奔，时而却又慢下来，步履蹒跚地行走。

勘助穿过了好几个村落，这些村落个个都似无人居住一般，连一个人影都看不见。家家户户门窗紧闭，道路两旁的断垣残壁之上，偶尔会有飞鸟的影子掠过。整个村子沉寂得如同死去一般。无论哪一个村落俱是如此。勘助每每进入一个村落，都要去民家的井台上舀些水喝，然后拄着他那已被鲜血染透的短枪，穿过这无人的村落继续前行。

在途经一个村落之际，勘助突然大叫道："公主啊！"那喊声近乎惨叫。手中短枪的柄头刺入这道路地面干燥的尘埃之中，没入两三寸长。霎时间，他身侧土墙背后忽然传来"呀"的一声惊呼，与此同时，勘助听见啪啦啪啦的一串脚步声，土墙另一边似乎有几个人一溜烟地向远处逃掉了。原来这并非无人的村落。想来先前经过的那些村落亦是同样。

村民们看到这形貌宛如阿修罗一般的老武士远远而来，心中惊恐，都关门闭户，藏了起来。

不知何时，夜幕已然降临。勘助来到一片胡桃林中。冬日清冷的月光透过树林散照在地面上。公主啊！勘助叫道。这一刹那，约莫两三间远处，几只夜鸟似被勘助的叫声惊起，啪嗒啪嗒地振翅飞远。

第二天朝阳升起，第二天夜幕降临。勘助依然一个劲儿地蹒跚前行。

"您要到哪里去呢？"

似乎有谁向自己问过一声。已经记不分明是何时何地之事了，只是依稀感觉到有人如此询问过自己。要到哪里去呢？在这由布姬已然消逝的世上，自己究竟该往哪里去才是呢？勘助只是兀自往前走着。

夜已深了。勘助睁开双眼，发现自己刚才竟在河滩上就此睡着。勘助坐起身来，周围的白色石子随之翻滚。环视四周，只见河滩寸草不生，所见尽是如自己身畔一般的白色石子。沿着这石子遍布的河滩向前望去，一泓青水在月光的散照下粼粼闪动，而这流水的另一方，依然是白色石子的河原。

呜——勘助坐在河滩上，俯下身来，双手掩面。一股悲痛突如其来自心底涌起，勘助不禁呜咽出声，身体兀自震动不停。

由布姬已经死去。公主她已经不在这个世上了。无论怎样费力寻找，那美丽的身影、容颜、玉手、眼眸、乌黑的长发，都再也无法用自己的双眼看到了。巨大的悲痛感第一次完全占据了勘助的内心，让勘助的身体与四肢俱麻痹。

——公主已经亡故。

泪水自勘助眼眶涌了出来。勘助盘膝而坐，双拳置于膝盖之上，仰面朝天，任由泪水沿着脸颊流淌。

终于，勘助放声号啕大哭。

翌日夜晚，勘助出现在诹访湖西岸。是自何处来到这里，是如何来到这里，勘助已经记不清了。勘助沿着道路向北边高岛城方向走去。行得近时，勘助看见湖对岸的火光燃成水平一线。那似乎是自高岛城下到观音院所在的小坂村落一路上焚烧的点点篝火。火光映于湖面，灿烂美景不似人间所有。

到得高岛城下，勘助向自己遇见的第一个武士询问由布姬葬礼的情况。

"今日酉时进行。"

这武士认出询问自己的人正是勘助，因此态度十分恭谨。

"是自高岛城发丧,还是自观音院发丧?"

"自观音院。"

"主公呢?"

"听说会去小坂。"

"好的,你去罢。"

那武士慌慌张张跑开,不多时,许多武将前来城门之处迎接勘助,想来便是那武士报的讯。

"我直接去观音院好了。"

勘助说罢,没有进入高岛城门,转身向小坂村落方向走去。有人给勘助牵过马来,勘助摇摇头,自顾自地步行离开。数骑武士自背后越过勘助,向前飞驰。勘助独自走在这条由布姬曾每日眺望着的湖畔小道上,步履沉重而缓慢。

观音院门前的缓坡上,大群武士在那里迎接。勘助也不看他们一眼,兀自拄着手中短枪往前行走,途中忽然想到什么,便随手招来路边一位武士,将短枪递与他,双手整理了一下身上的盔甲。

行近之时,勘助听到僧人诵经声,声音响彻了整个观音院,似乎殿堂、居宅、院落俱都为之震动。勘助进入玄关,穿过院廊,来到由布姬曾起居的房间。

房间内已有许多人,武田家的宿老重臣悉数到齐。佛坛便设在壁龛上,人们列于左右。

"你回来了啊,勘助!"

信玄开口说道。

"是。"勘助伏下身去。

"由布姬回不来啦,我想勘助你一定会回来才是。"

"是。"

"你累了吧,去休息一下好了。"

勘助站起身,来到崭新的佛坛跟前上香。只见牌位上写着:珠光院高安圣源女居士①。

勘助自佛坛前退下,与信玄相对而坐。勘助本想将自己的苦恼与悔恨向信玄诉说出来,然则没等他言语,信玄却先开口道:

"伊那那地方不太平静啊。"

"伊那吗?去讨伐他们吧!"

"上州②的长野信浓守③,武州④的太田入道⑤,这两位也在蠢蠢欲动。"

"那么也去讨伐他们吧!"

"讨伐吗?!"

---

① 珠光院高安圣源女居士:这是由布姬的谥号。
② 上州:上野国的别称。
③ 长野信浓守:长野业正,上野国豪族。
④ 武州:武藏国的别称。
⑤ 太田入道:指太田资正。

227

"是。凡是反抗主公您的,统统都要讨伐!"

"如此的话,讨伐谦信景虎一事,可就得稍稍推迟了。"

"不会推迟的。先扫平伊那,再讨伐上州,让武州归顺之后,便即刻击破景虎,取其性命。"

说到这里,勘助抬起头来,严肃地盯着信玄。

"就在这三四年间,务必要取下景虎的首级。"

"三四年?勘助,你太性急了吧?"

"主公您也得如此性急才好,否则您的宏图可就难以实现了。"

勘助说道。信玄没有答话。平定伊那,然后讨伐上州、武州,最后消灭宿敌景虎,这便是往后数年间勘助的生存之道了。除此之外,勘助不知道还有什么意义能够支撑他生存下去。恐怕信玄亦持有同样的想法吧。勘助如此认为。

"勘助,你这脸可又变成一团乱麻了呢。究竟受了多少处伤啊?"

"大概三十六处吧。——主公您今年贵庚?"

"竟然忘记了我的年龄,你可真是老糊涂啦。我很快就三十六岁了。跟勘助你身上的伤口一样呢。"

两人的对话除了周围极少数武将以外没人能够听到,庄严的诵经声与二人的话语声纠缠在一起流逝而去。这一年,也就是天文二十四年,已在十月改元为弘治元年了。如今这弘治元年也仅余十五天便将过去。

勘助自房间退下，来到走廊。湖岸的篝火尚在熊熊燃烧。从今往后，在那不知何时是尽头的没有由布姬的日子里，勘助唯有让自己每时每刻在战争中度过。除此之外，别无他法。看来信玄亦有此意，勘助感到非常满足。

勘助沿着走廊向胜赖的房间走去。胜赖已经通宵守灵两夜，十分疲倦，正在睡眠。勘助悄悄走进屋里。

"谁呀？"

随着这一声响亮的喝问，十岁的胜赖坐起身来，看上去挺有出息。

"是在下勘助。"

"是老爷子啊，原来你还活着呢！"

"我可不能死去啊。在没有看到少爷您的初阵之前，我是无论如何不会死去的。"

"你这啰唆的老爷子还活着呢！母亲大人亡故了，我以为你也死去了。既然你还活着，就请无论如何再多活五年吧。"

"这是为何呀？"

"那时我胜赖就十五岁了，请亲眼看着我初阵立功吧！"

"噢噢！"

一股强烈的感动之情贯穿了勘助的身体。

"我这老爷子,在下勘助——"

勘助顿时激动得说不出话来,那感动犹如激流一般瞬时充满了他的内心。勘助眼前不禁浮现出胜赖初阵时的身姿。这初阵之时的胜赖面庞,与他在十年之前于高岛城中初见的那位少女的容颜交织在了一起,渐渐变得无法区分。胜赖与由布姬的面容,就这样在勘助脑海之中变幻交替着。勘助似乎觉得,已经在这世上消失的公主,如今却又在这世上重生了。

公主她还活着。公主她还活着!勘助原本认为,自己即将投身于日夜不断的战争浊流中去,而此时却似有一道不知从何而来的光芒穿透浊流射入他的内心深处。这光芒辉煌而耀眼。

第十一章

弘治二年①三月,由布姬去世的悲伤尚未消弭,信玄便挥军直指伊那。勘助亦随军出阵。

与木曾交战之际,武田军尚使用了马匹,然而这次马匹却派不上用场了。数日以来,军队在山中蜿蜒的道路上如长蛇一般单列行进。道路一边是刀凿斧削般急峻陡峭的山壁,另一边的悬崖下则是奔腾咆哮的天龙川激流。行军途中翻越了几座荒山,那些荒山仿佛自古以来从未有人踏足一般。

武田军次第攻下了散布于伊那溪谷各处的一些小城砦。然而出阵半月之后,却有消息传来,说越后的谦信正发兵前往川中岛。于是武田大军便在天龙川岸边一处由于河道弯曲而形成的广阔河滩上的小村落中驻屯下来,尔后信玄召集诸将即刻商量对策。

"不算是什么大事,不要去理他,先将伊那的诸城砦尽皆攻下为好。待谦信南下之时,我们再自伊那返回,倾全军

---

① 弘治二年:公元1556年。

之力迎击便是。"

信玄说道。态度很是坚决。

"在下亦赞成此举。"

勘助附和。这让其他武将感到十分意外。从来在这等场合下，勘助都是放胆进言，力劝信玄慎重行事，不料此番勘助却表示赞成信玄的大胆举动。

饭富三郎兵卫昌景率先反对。

"若是谦信以外之敌，如此行事亦无不妥。但对手既是谦信，就应避免采取如此轻率的态度才是。"

这位屡建战功的年轻武将如此说道。秋山伯耆守晴近亦支持饭富的意见。

然而信玄却认为，这平定伊那的战事若仅仅因为谦信出现的消息而怵然放弃，不仅甚为可惜，传出去也会折了武田家的威名。

"好了，好了。"

信玄一面敷衍众将，一面好似向勘助寻求支持一般，转首问道：

"勘助，你怎么看？"

勘助却说：

"饭富大人所言极是。我虽与主公看法相同，但那是在众人没有异议之时。既然有了反对意见，那么务必应当重新考虑才是。"

"那么，如何才好呢？"

"便如饭富大人所言，分兵一半前往北信吧。"

勘助回答。勘助态度的转变没有丝毫迟疑，在这一点上，勘助与信玄有着显著不同。

"让谁领军前去呢？"

"便是主公您了。"

"我不愿去。"

信玄不太甘心。

"只是领军前去而已，这仗又不一定打得起来。"

"那是当然。知道主公您亲自领军迎战，谦信定然不会率先攻打过来的。"

"我不愿去。让别人去吧。"

"让别人率军前去的话，这仗可就会打起来了，事态亦会愈发严重。还是劳烦主公您亲自领军前去为好。"

勘助便是如此考虑。若不向北信派遣一兵一卒倒也罢了，倘若决定派兵前往，那么总帅非信玄莫属。

商议结束之后，信玄将一部分人马留在伊那，自己率领余下部队向川中岛进发。勘助则留在营中，继续进行平定伊那的战斗。

果然一如信玄所料，北信这场战斗终究没能打响。谦信在善光寺一带布下阵势之后，便不再前进。信玄领军至茶臼山布阵，也兀自巍然不动。双方相持了月余，谦信终于在五月一日拔营退兵返回越后。之后信玄亦还军伊那。

信玄在北信与谦信对峙期间，勘助率军将伊那的诸般势力尽数扫平。凡归降者尽皆饶恕，不降者悉数诛杀，一个不留。

"不服从于主公威光之人，在这伊那一地，已经一个也没有了。"

勘助说道。

"沟口、黑河口、小田切①呢？"

信玄询问。

"全数诛杀了。"

"宫田、松岛、砥野岛呢？"

"亦尽数处死。"

"羽生、稻部等人呢？"

"亦是同样。"

"处斩了吗？"

"是的。"

这对话内容让信玄亦感到几分不快和可怖，然而勘助却

---

① 沟口、黑河口、小田切：这些俱是伊那一地的小豪族或者国人众，后文的宫田、松岛等亦同。

不动声色。

"这样一来，岂不是所有人都给你杀掉了吗。"

"这些人的态度含混不清，不处决的话，将来恐怕成为祸根。不过，对于归降之人，在下没有动他们一根汗毛。"

如勘助所言，数倍于勘助人马的伊那降兵降将，遍布于天龙川河滩上的数十座营地之中，斑斑点点，星罗棋布。无论信玄还是其他武将，都无法想象出勘助如何能够以少数兵力将这长久以来抵抗武田家势力的伊那诸城砦逐一粉碎，并令其降服。

是夜，武田大军在广阔的河滩上举行了庆祝胜利的酒宴。秋山伯耆守晴近成为率领二百五十骑的侍大将，并担任伊那郡代，驻守高远城。饭富三郎兵卫昌景成为率领五百骑的大将。春日弹正忠继承了信州名门高坂家的姓氏，从此称为高坂弹正忠昌信，并作为统领四百五十骑的武将，被派往北信之地驻扎。于是，秋山晴近驻守伊那以防豪族叛乱、高坂弹正忠驻守北信以防谦信来袭的战略布局就此完成。

当晚夜深，位于武田军本阵处一户农家的里屋中，信玄与勘助相对而坐。

"那么，接下来做什么呢？"

"去攻打上州吧。"

"武州呢？"

"也行,也去攻打武州吧。"

"会不会有谁反对呢?"

"应该不会有问题的。"

二人不禁看了看对方的脸,信玄意味深长地笑了,勘助却没有笑。对视片刻,信玄忽然开口说道:

"你可真是狡猾啊,勘助。"

"哪里狡猾啦?"

"平定伊那这好差事,被勘助你挑去了。"

"那是不得已而为之啊。"

"今番我可要出战了。可不能被人说我缩头缩尾。"

"不会有人这样说的。我勘助也要与您一同出战,可不能让我无聊地留守才是。"

此时,二人相视大笑,未几却又一同止住笑声。不意之间,由布姬已经不在人世这件事,犹如从足底涌起的寒风一般,同时向二人袭来。

从这年秋天起,"风林火山"之旌旗便从未驻留古府超过半年时间。好似饿虎寻获猎物一般,武田军四处挑起战斗,不断重复着"出兵、战而胜之、还军古府"这一连串过程。

弘治三年①，信玄率军翻越笛吹岭，直取上州，并在甑尻之战中大破长野信浓守的军队。在这场战斗刚刚结束之际，忽然接到谦信再度出兵川中岛的急报，于是信玄即刻掉头前往北信。

与以往相似，两军相遇，却都不率先挑起战斗，就此对峙，一动不动。转眼夏去秋来，谦信再次退兵，信玄亦引军返回古府。

弘治四年②中，年号改为永禄元年。当年四月，谦信领军八千进入信浓，并在武田势力范围中的海野一带放火。当时正在小室城的信玄只顾加强城砦工事，没有应战。在两军各自的进退之中，一种令人窒息的沉静若隐若现，令人不由感到甲越两军大规模的冲突近在咫尺。

八月，信玄意外地收到将军③义辉的一封密函，意图调解甲越两军的争斗，使两家和睦相处。

"年年出兵，与上杉谦信徒然相斗，以致境内不稳。如此不独百姓受苦，而且——"

---

① 弘治三年：公元1557年。

② 弘治四年：公元1558年。当年二月二十八日（日本历），正亲町天皇即位，改元为永禄元年。

③ 将军：征夷大将军。在日本历史上是大和朝廷为对抗虾夷（今北海道）而设置的军事职位，后来成为武家的最高统领。在自镰仓幕府、室町幕府至江户幕府的幕府政治中架空天皇的权力，成为日本的实际统治者。文中的将军义辉即是室町幕府第十三代将军足利义辉。

信中这类话语比比皆是。

信玄将密函递给勘助，勘助看罢，随即问道：

"您可写了回信？"

"已经写了。"

"您如何回复的呢？"

"你看罢。"

说着，信玄将用楷书端正地写在奉书纸①上的一篇长文拿给勘助看。这却不是写给将军义辉的回函，而是呈于户隐神社，以祈求能够掌握信浓一国的长篇祈愿文书。在信玄看来，将军义辉那劝告甲越两军和睦的密函，真是既滑稽又无甚意义的东西。

在那密函的末尾，写着"亦已将此意示予谦信"这样的文字。如此看来，或许将军也将一封同样内容的密函送到了谦信之处。不过，谦信似乎没有任何反应。想必谦信也认为此事过于滑稽了吧。

翌年，即永禄二年②二月下旬，将军义辉再次派遣僧人瑞林作为促成甲越和谈的使者来到甲斐。据说也同样向越后派去了使者大馆晴光。信玄没有明确表态，稍事接待之后便将瑞林打发回去了。

---

① 奉书纸：一种用来书写非常正式的文书的上等白纸。
② 永禄二年：公元1559年。

此事过去两个月后，四月上旬某夜，勘助突然接到信玄的紧急召见。勘助不顾夜深，径直前往信玄居馆。见勘助到来，信玄诡秘地笑了：

"适才接到来报，说谦信为谒见将军，如今已在进京途中了。"

信玄说罢，身躯不断微微震动，其激动心情可见一斑，看来是迫不及待地想趁此机会率领大军一举攻入越后了。

"这的确是千载难逢的好机会，一定要好好利用才是。不过在下以为，决战之期尚未到来。"

勘助说道。勘助认为，与谦信的决战必须在北信的原野上进行才好。此刻谦信不在其领内，若是猛然攻入越后，或会使其兵力遭到重创，无法东山再起，但却难以致谦信于死地。

勘助向信玄陈述了自己看法。

"那么，这次机会要如何利用呢？"

信玄问道。

"可派遣高坂昌信大人前往川中岛一带，将那周边的敌军势力一扫而空。尔后，请让勘助前去修筑一座新城。新城修筑完毕之后，则无论何时均可迎击谦信，与其决战了。"

"有必要筑城吗？"

"非常必要。一定要在犀川与千曲川的沿岸要害之地修筑一座城砦。"

"是吗,那么就交给你去办罢。"

信玄静静地说道。究竟有什么必要筑城,信玄没有就此继续询问下去。

甲越两军的大决战,将是在一方未被彻底击倒之前不会结束的死斗,因此城砦这种东西在作战上来说并无十分必要。在那样的死斗中,大军既无法自那小城中出击,也无法退守小城之内。然而勘助却无论如何想要一座城砦,无论多小,只要坚固就成。就算只能容纳两三百的兵力,那也足够了。

此战武田军当会胜利。而在谦信的军队崩坏溃逃、立足未稳之际,这城中的少许新锐部队便可以逸待劳,从侧面打他个措手不及。给越后军的最后一击,务必要让这城中的新锐部队操刀才是。而且,这建立最大功勋的部队指挥者,不是别人,正是这天初次上阵的年轻胜赖。

勘助为了胜赖,为了胜赖的初阵,一定要在要害之地筑起一座城来。也不知信玄是否看透了勘助心中所想,总之他便采用了勘助的建言。

就在当夜,信玄便向驻屯于北信之地的高坂昌信发出了即刻进军的命令。只见送信的快马一骑接一骑地从古府城下急急向前方飞驰而去。

当时驻守于尼饰城的高坂昌信在接到命令之后，迅速向信越国境①方面出兵，依次攻城拔砦，并于五月攻取了越后军的前线重地高梨城。

接到攻陷高梨城的消息后，勘助立即从古府出发前往北信。此番前往，是为了估计甲越两军的决战之地，并探寻为胜赖修筑城砦的位置。勘助在这不知已经往返了几十次的甲斐国境中的高原地带策马缓缓前行。他曾在这里独自纵马疾驰，然而如今却已六十七岁高龄了。勘助在二十余名武士的护卫下，时时停下马来，将周围山野的春色尽收眼底。

勘助不时地用小指挠挠耳洞。近日来他耳鸣不断，那声音仿佛合战时自远方传来的喊杀声一般。

到达上田城的翌日，勘助由二十余名随从陪同，自上田沿着千曲川前行。

这天，在千曲川与犀川的交汇处，勘助与凯旋而归的高坂昌信相遇。高坂将部队驻扎在千曲川的河滩上，然后带了两三位武士相随，来到勘助休憩的三角洲一角。勘助站起身来，迎接这位与信玄年龄相若的年轻武将。高坂昌信身材不高，脸庞狭小，其貌亦颇为不扬。

"老人家，您辛苦了。"

高坂用干巴巴的声音恭敬地说道。

---

① 信越国境：信浓国与越后国的边境。

"高坂大人您这次功勋卓著，才是辛苦啦。"

勘助还礼，一面回应。如今，因高坂昌信之战功，北信一带土地已尽归武田氏所有了。

两人并排坐于马扎上。约莫二间远的地方，犀川的河水缓缓流动，岸边芦苇茂密。而在两人视野之外，河滩的另一边，正是宽度与流量均为犀川两倍的千曲川。无论是河滩上的白色石子，还是犀川的深色水波，均洒满了春日和煦的阳光。一派逸然悠闲的景象。

两位沉默寡言的武将之间，摆上了简单的酒菜。从一旁看来，勘助与高坂好似一对父子。

除了知道这位年轻的武将十分善战之外，关于高坂昌信的其余情况，勘助一概不知。无论在军议上商议何事，他都极少开口发言。在旁人眼中，与其说他沉默寡言，莫如说他是一个没有主见之人。

并且，对于任何命令，他总是恭谨接受，完全施行。他这样的性格，既可以看作是他的优点，却也是他被人诟病之处。人们虽然非常信任这位年轻武将，但决不会把他看作重要人物。就连信玄亦是如此。当遇到稍微棘手一些的战事之时，信玄总会说道：

"就让高坂去吧。"

"就让高坂去吧"这句话几乎成为了信玄的口头禅，其中既有八分信赖,却也似有二分轻蔑之感。然而高坂却很满足,只要派他出阵,他就非常高兴。现在,他作为对抗越后军的第一线总指挥官,驻屯于尼饰城。当然,除了高坂以外,却也难以找到能担如此大任的人物。然而,将其置于如此遥远且危机四伏的境地,却也被看作是他并非信玄帐下重臣幕僚的证据。

从以前起,勘助就对这位武将持有好感。不过,勘助对他的了解仍然与其他人相差无几。此时,勘助与这位寡言少语的武将对饮,双方都没有说话,却也并不觉得气氛尴尬。勘助不时拿起酒杯,高坂便取过酒壶,为勘助满上,勘助仰头一饮而尽。

突然,这位沉默的武将开口说道:

"我有一些小事,想与您商量一下。"

说着,高坂昌信便把侍于一旁的几名武士支开。

"什么事呢?"

勘助抬起头来。

"我想,在距此约莫一里之地修筑一座城砦。"

"原来如此。"

勘助说道,心里暗暗吃惊。勘助此行的目的不是别的,正是要为修筑一座小城砦物色合适的地点。

"你是说修筑一座城砦吗?"

勘助说。

"正是如此。无论如何也要修筑一座城砦。虽说关于筑城之事，我多多少少有一些心得，不过可能的话，还希望能够得到老人家您的指点。"

"为何需要筑城呢？"

勘助问道。此时，高坂昌信慢慢抬起头来，郑重地看着勘助：

"我以为，与越后的决战，必定会在这附近一带进行。"

"确是如此。"

"自善光寺山到上田原——"

"嗯。"

"犀川与千曲川这两河之间的一带。"

"确是如此。"

"交战的时期也许会在今年年底或者来年春天，最迟不会超过后年春天。我想会有相当充裕的时间在此地筑城的。"

"为何在这次决战之中，需要有一座城砦呢？"

"这个嘛——"

高坂顿了一顿，接着道：

"我想将胜赖大人安置在城中，至少能够支持一些时日，留得性命。武田家可不能在这一战之中被断绝了后人。"

勘助不禁直直地注视着高坂昌信的脸，不发一言。

勘助亦想修筑一座小城，将胜赖安置其中。然而勘助是完全基于武田军获胜的假定来考虑的。这城中的小部队要在越后军溃败之时拦腰突入敌阵，予其最后一击。这城完全是为了胜赖初阵能取得显赫战功而设。但高坂昌信却截然相反，修筑此城的目的，却是要在武田军败北之际，为主家留下血脉。

"你认为我军将会战败吗？"

片刻之后，勘助开口问道。

"此战十有八九难以取胜。"

高坂毫无畏惧地说道。

"哦？这是为何呢？"

"这一战，无论对武田军还是越后军来说，都将会是战至最后一兵一卒的惨烈决战。从这些年来双方的对立，以及主公与谦信两人的性格来看，没有哪一方会战至半途收兵。"

"这是自然，勘助我也如此认为。"

"此战一方获胜，另一方则会惨败。而战败的一方——"

"你认为我方会战败吗？"

"是的。"

"我武田军会战败吗？！"

"武田军从来没有经历过苦战的经验。迄今为止，战斗多以胜利告终。以少数兵力击破敌方大军，或是以极少的损失剿灭大量的敌人。然而，与越后军的这一场决战，不到最后关头是无法分出胜负的。双方都会失去很多武士，战阵也会一片混乱。在如此情形之下要想分出胜负，所谓作战方策是谈不上的，终将演变成为个人与个人之间你死我活的搏斗。由于常年与一向宗①的信徒们作战，已适应了混战场面的越后军将会获胜，而不适应混战场面的甲斐军却会败北。"

说罢，高坂又如先时那般沉默下来。这番话听来甚为不逊，但高坂能直言不讳，勘助觉得难能可贵。

勘助没有回话，独自沉思。他觉得这位毫不起眼的年轻武将似乎一语触及了自己的痛处。此时，高坂昌信以他那一贯低沉缓慢的语调接着说道：

"倘若武田军战败——当然现在这么说不太合适——主公、义信大人，以及武田一门亲族都难免失去性命。为了让武田家的血脉不致断绝，胜赖大人必须活下来。至少务必要将胜赖大人救出来，胜赖大人没有丝毫必要去承担战败的责任。为了让胜赖大人摆脱追兵，无论如何也需要一座能够支撑上一阵子的城砦才是。"

"我明白了。"

勘助斩钉截铁地回答：

---

① 一向宗：佛教的一个宗派，又叫作净土真宗。在日本战国时代，一向宗势力屡屡挑起农民对大名的抗争，令大名豪族很是头疼。

"如您所愿，我当尽我所能协助您筑城。"

说罢，两人再次沉默。勘助不时地向高坂杯中斟酒，高坂亦不时地为勘助将酒斟满。

广阔的河滩上，武士们分头扎下营寨。自他们的细微举动中，处处都显示出凯旋路上的轻松与悠闲。此时，勘助自来到武田家仕官以来，第一次感到自己年老。他觉得自己已经比不上高坂昌信这些年轻武将了。

高坂的话语可谓正中武田军的弱点。信玄巧妙的作战方策使武田军顺利征服了四邻之地，如今却因它而陷入万分危险的态势之中。如此危急的情势，武田家的重臣老将们没有一个人看出来，却被高坂昌信那双眼睛清楚地捕捉到了。

勘助自身亦被高坂的话语刺痛。迄今为止，勘助作为武田氏的军师，关于武田军的战略战术总要事无靡遗，一一考虑周全。然而今日高坂所言却毫不留情地指出了他作为军师的失职。的确，在这场与谦信的决战中，采取何种战法已经没有多大意义。作为谦信，他有着自成一家的作战方式，而信玄亦同，在战术运用之上两人堪称匹敌。因此最后决定胜负的，却是混战之中最后一员士兵的存亡，是在一对一的搏斗当中，自己能否杀死对手的问题。诚如高坂所言，无论信玄还是其嫡子义信，均可能会在战斗中阵亡，勘助本人亦然，而武田家其余重臣老将，或将悉数陈尸于这川中岛的战场之上,一个不留。

今日之前,勘助一次也没有考虑过战败的问题。无论何时,他总认为这一战当会胜利。这宛如鬼神附体一般的自信如今却忽然不见,仿佛离开了勘助那六十七岁的衰老身体,消失得无影无踪。

在这暖意融融的春日,勘助与高坂昌信二人的酒宴又持续了半刻。不过两人却没有再言语。

此后,勘助与高坂一道,回到了尼饰城。勘助忽然很想多跟年轻的武将们接触接触。

勘助一度回到古府,集齐筑城所需的必要人数,再次出发前往北信之地。此时正值六月。

然而,勘助在半路上却又折了回来。只因有消息传来:谦信进京途中,留守其居城春日山城的长尾政景忽然入侵武田领内的户隐一地。那以高坂昌信之手本已平定的北信之地,如今又再度成为战场。

七月中旬,勘助跟随信玄大军自古府来到小室城。这期间,谦信也已从京都回到了春日山城。如今之际,越甲两军无论几时发生大规模的交战,都并非不可思议的事情了。

不过,勘助没有忘记他跟高坂昌信的那次谈话。在两军冲突之前,无论如何都得在北信之地修筑一座城砦。虽然信玄认为将大本营自古府移到小室城更有利于作战，但勘助却以此举恐会刺激谦信为由劝阻了信玄。

翌永禄三年①正月，古府的居馆举行了庆贺新年的酒宴。来自各地的武将们齐聚一堂。席上，信玄重新提出将大本营移往小室之事，让家臣们商议。考虑到即将到来的与谦信的决战，众人尽皆认为此举乃是理所当然之事。

反对者唯有勘助一人。

"虽说移师小室之举势在必行，不过还请稍微推迟一些时日才好。"

"要推迟到何时呢？"

信玄问道。对于勘助屡屡反对此事，信玄心里不太舒服。

"到筑城完毕之时为好。若是三月修筑妥当，您三月便可移师小室。"

说罢，勘助便不理众人了。在他人看来，这真是一个顽固的老头子。

高坂昌信也未发一言半语，只是默然坐在那里。勘助原以为，高坂既然赞成自己的意见，当出言相助才是，然而高坂却与往常一般沉默不言。

商议结束后，勘助行至走廊，高坂却从后快步赶上，

---

① 永禄三年：公元1560年。

说道：

"十分感谢。"

然后，高坂将声音压低：

"松井那地方有一个叫作乡小渊的村落，不知在那里筑城如何？我希望您能去看看。"

说到这里，高坂顿了一顿，补充道：

"那地方就在千曲川的岸边。"

"哦？"

"是一个非常利于防御的地方。"

"对于攻击来说呢？"

"这个嘛……我想不太适合出击。"

"有利于防御的话——"

"是的。就防御这一点来说，再没有比那个地方更为合适的了。"

"那么，就在那地方筑城吧。"

两人如此短短地交谈了几句，随即道别。

然而，从春天到夏天，越后军不时入侵北信，使筑城的事情一直耽搁了下来。本来，若是按照勘助自己的想法来筑城的话，就算是几座城砦也已经修筑好了。不过，勘助一直希望能够与高坂昌信好好商议一下，充分听取他的意见之后再着手筑城。而高坂昌信却忙于征战，无暇顾及此事。

勘助亦两次前往北信，到高坂所言那松井的乡小渊村落去察看。如高坂所言，就防御的角度来考虑，没有比此地更为适合的场所了。

那地方是千曲川旁的一座丘陵。自西北而来的千曲川的河水拍击着丘陵一侧的断崖峭壁，形成与川中岛相对的一大险要之地。这丘陵的北面到东北面，金井山、扇平山、雨严山等山峰重峦叠嶂，形成自然的障碍，从这些山峦之间，能够修筑通往尼饰城的道路。丘陵东面亦有奇妙山、堀切山、立石山等群山宛如屏风一般阻挡着兵马的入侵，而这之间亦有道路可通往小室城。此外，丘陵的西方乃是一片高地。唯有西北一面敞开，隔着千曲川与川中岛遥遥相望。

勘助对在此地筑城毫无异议，如今只是等待战事稍稍停歇，让高坂昌信得闲商议此事。在察看此地之时，勘助心中暗自决定，把将于此处建造的这座城砦命名为"海津城"。因为千曲川那滔滔流水，宛如大海一般从这城下经过。

这座海津城终于在当年九月开始动工。勘助昼夜兼行，打算在三个月内将城砦修筑完成。因为四周情势已然相当紧迫，到了刻不容缓的地步。

如同预定的那样，这城于十一月竣工。除了本丸[1]与二

---

[1] 本丸：日本式的城堡中最主要的城楼。

之丸①以外，还建造了五座城楼，被千曲川与护城河围在当中。护城河最狭窄的地方亦有八间之宽。并且，勘助在这城的西北修筑了一座神社，劝请②了附近八幡宫神社中的神灵。

信玄令筑城者勘助为这座城命名，勘助一如先前所想，将此城命名为海津城。城方建好，信玄便让高坂昌信担任城代③，从尼饰城移驻于此。尼饰城则改由小山田备中守驻扎。

高坂昌信入城当日，自一个月前便驻营于小室的信玄携勘助一道来到海津城。由高坂引领，信玄与勘助登上了本丸西北隅的瞭望楼。那预测当为越甲两军决战之地的以川中岛为中心的平原地带映入三人眼底。犀川平缓而蜿蜒的流水，将这平原一分为二。

三人久久地俯瞰着这晚秋的平原，心中各有许多感慨。勘助十分明白高坂昌信此刻心中在考虑着什么。想来在高坂眼里，这平原的景象绝非是明朗而宜人的。

而勘助自身所想却稍有不同。虽然在筑城之时，勘助认

---

① 二之丸：日本式的城堡中次要的城楼。自城门到本丸之间，会途经二之丸。
② 劝请：神道教仪式之一。指将某座神社中供奉的神灵奉迎到另一座神社之中。
③ 城代：一城之长官。

同了高坂昌信的意见，然而如今城已建好，勘助的想法亦发生了变化。谦信当会如何看待这座海津城？看到此城，他会作出怎样的反应？勘助不由得关心起这个来。两军交战之前在这样的地方修筑起这样一座城池，谦信会认为这其中有着何种意味呢？由于这座海津城的出现，使得这平原上一草一木的意义都发生了变化。

登上这座瞭望楼之时，勘助的眼睛不由得放出光来。这一战，无论如何都要取胜。勘助如此想道。

突然，信玄开口静静说道：

"真是一座海内无双的城啊。"

"哎？"勘助没有回过神来。

"在这里赏月一定很合适吧，赏月。每年在这里举行一次赏月之宴如何？"

依此言来看，果然如此。月明之夜，自这城上远远观赏美景，果真是一件赏心乐事。在这前线紧要之地，却想着与此大相径庭的赏月之宴，勘助益发感到信玄气度沉稳、值得信赖。

这海津城楼之上，三人各怀心事：高坂昌信正在考虑如何将败军收容在这城中；勘助则决心务必要让此战获胜；而信玄所想的，却是赏月的酒宴。

第十二章

永禄四年①。

此时的谦信将与信玄的决战推迟,正把矛头指向小田原的北条氏。正月,谦信来到前方据点厩桥城,并将重臣武将们齐集于此。关八州②的自不必说,就连遥远奥羽③之地的诸将也被召来了。

信玄于古府接到此事的通报后,感到事态非同小可,立时召集麾下将士齐聚海津城,商议今后的策略。

倘若让谦信灭掉了北条氏,那么显然,其势力便会一举扩大数倍。尔后谦信当会挟击破北条氏之余势,挥军直扑甲斐、信浓。这等情势之下,作为武田氏,唯有一个选择:将大军聚集于信越国境,如匕首一般刺入越后军的心脏——春日山城。

---

① 永禄四年:公元1561年。
② 关八州:古代日本关东地方的八个分国,即相模、武藏、常陆、安房、上总、下总、上野、下野。
③ 奥羽:指日本本州东北的陆奥、出羽两个分国。

一到海津城，信玄便部署部下将士秣马厉兵，做好随时向越后出击的准备，然后静待时机。另外一面向北条氏派出小队援军，一面留下少数兵马镇守古府，而将甲斐大军主力尽数集中于北信之地。

三月，谦信将关东及奥羽诸将的兵力合为一处，共九万六千人马，把小田原城围得水泄不通。而信玄则打算待小田原城一陷落，便立时进军越后。如今之际，乃是信玄迄今为止四十一年的生涯中最为繁忙、最为不安的一段时期。

这期间，勘助变得非常沉默。他只是一心祈愿着小田原城不要被攻陷才好。小田原城一旦陷落，无论愿意与否，武田军都不得不趁谦信不在之时一气攻入越后。而与此相应，谦信亦会攻入甲斐。——这样一来，势态将会如何演变，却不是人类的智慧所能够判断的了。那之后的事情无法预料。作战策略、兵力多寡、善战与否，这些都不再重要，那之后能够决定未来去向的，唯有运气而已。到那时，不仅信玄的才能与胆量均无用武之地，就算是勘助或高坂昌信这样的武将，也无法发挥重要作用了。勘助可不想信玄与谦信在那般状态之下进行决战。

三月十三日，谦信对小田原城发起总攻。然而由于此城坚固异常，且守军骁勇善战，一时难以攻下。在几番进攻无功而返之后，谦信放弃了冒险的念头，并于同月末解除围城，引军退却。

中途放弃攻击小田原的谦信，为了挽回颜面，当会全力与武田军一决雌雄。此事如今已是显而易见了。六月末，谦信回到春日山城，开始休整兵马，以备决战。

勘助判断，谦信进军北信之地的时间，应在仲秋前后。谦信出兵关东，到如今已经历了十一个月，至少得等到今年秋天才会恢复元气。然而谦信却也不会把决战放在年后进行。要恢复小田原攻击战半途而废所导致的名誉损失，自然是刻不容缓的。

海津城守将高坂昌信接到谦信出兵的通报，是在八月十四日之夜。据通报说：谦信此番率军一万三千，已越过富仓岭，进入饭山，直向川中岛而来。

海津城背后狼烟山上的烽火即刻点燃。火柱刺破黑暗，冲天而起，火星在夜空中四散纷飞，

霎时间，南向的群山之上，狼烟次第升起。自五里岳、二木峰、腰越、长久保、和田岭直到远方的甲斐之国，那火光依次在山顶上出现。与此呼应，送信的骑马武士们两三骑为一组，自海津城的城门处径直驰往无边的暗夜之中。

信玄由狼烟知道谦信袭来，是在十五日的晚上。而自最初来到的快马处得知敌方兵力情况，则是在十六日的早晨。

这快马到达之时，古府城下已被出阵部队的武士们挤满。

这以后的三日内，武田部队分为数批陆续自城下向前方进发。信玄所统率的主力部队在十八日那天最后离开古府。

勘助身处最早离开古府的部队之中。自天文十二年第一次踏上这片土地以来，近二十年岁月弹指一挥间。勘助料想自己此去之后，今生恐怕不会再次踏上这片土地了。此战胜败完全无法预料，然而他却与高坂昌信不同，高坂昌信考虑的是战败之后如何收拾残局，而勘助考虑的却是一定要让信玄将胜利握在掌中！无论如何，此战一定要取胜！

然而，不知为何，自己却不再想活着踏上这片土地了。若是连此次战斗都不会让自己死去的话，那么在今后的战斗里，自己也不会阵亡了。这种感觉仿佛将会置身于无尽的永劫之中一般。不过，人固有一死。既然如此，那么自己的死期，果然还是在这场决战之中为好。这一场大战，仿佛正是要给自己的生命做一个了断一般，如此步步逼近。这便是勘助此刻的心情。

勘助带了五名随从，离开了正向北信前进的队伍，往诹访高岛城方向行去。信玄的本队人马将在两天后自古府出发，在那以前，勘助想做两件事情。其一便是前往观音院附近由布姬的墓前祭奠一番，而另一件事，则是迎接胜赖了。自然，迎接胜赖之事并非勘助一人的主意。信玄亦赞成将此次与谦信的决战作为胜赖初阵的舞台。

刚进入诹访,勘助便遇到了前去与来自古府的本队会合的人马,然后从这里的武将口中得知,胜赖半年前便去了伊那。伊那的郡代秋山信友驻守着高远城。因此胜赖在听到此次越后军来袭的急报之后,想必会与秋山晴近①的军队一同出发前往北信。

勘助寻思,今明两日之内,秋山的部队必定会从这条道路上经过,因此决定就在此处迎接胜赖。勘助想尽自己的一切力量协助胜赖初阵建立功名。他感到,若不亲自侍奉胜赖,与之一同踏上决战战场的话,自己无论如何放不下心来。

勘助策马继续行向高岛城。到了高岛城下町后,勘助却没有进入城门。既然已经知道胜赖不在此处,那么就没有必要进入这因准备出征而纷繁嘈杂的城砦了。勘助经过高岛城门,径直驱马沿着诹访湖岸行进。勘助一马当先,这主从六骑齐齐屈身于马背上,迎风疾驰。夕阳已然落山,最后的余晖将湖面洒成一片斑驳之色。

勘助不时勒马停住,一个劲儿地纵马驰骋会让他感到十分劳累。勘助已经记不清自己曾在这条道路上往返过多少次了,却很少像今日这般时时停下来歇息。看来自己年老体衰

---

① 秋山晴近:秋山晴近即秋山信友。

亦是不争的事实啦。每每停下之时，那风吹得双颊发凉。已是仲秋时节了。

由布姬之墓，正在她常年居住并在此停止呼吸的观音院所处丘陵的山腰。自由布姬去世以来，不觉竟已流逝了五年有余的岁月。

勘助让随行人等在墙外候着，自己独自一人来到由布姬墓前。勘助正对墓碑跪坐下来，仿佛由布姬正与他相对而坐一般。

"公主。"

勘助脱口呼唤道。

"公主，别来无恙。这一年来老是打仗打仗，没想到竟然无暇来此问候，您一定感到很寂寞吧。此番前来，却是有一个好消息要告诉公主您：长久以来一直企盼着的主公与谦信一决雌雄的日子终于就要到来了。是谦信会获胜呢，还是主公会获胜呢？请公主您在九泉之下好好观看吧。主公若是不能获胜的话，可如何是好？公主您是如此深爱着主公啊。公主您如此深爱着的主公，若是不能获胜的话，可如何是好？主公号令天下的日子，已经近在咫尺了。我勘助便是为了这场决战，一直活到了今天。若非为此，我怎会苟活至如今呢。我勘助早已死去多时了。早在公主您故去的弘治元年十二月那天，已追随您而去了。哎，那可真是一个寒冷的日子啊。在那天亡故的公主您,也一定觉得十分寒冷吧。"

勘助口中兀自喋喋不休。他心中涌起千言万语,要向由布姬诉说。这一旦开了口,却无论如何也停不下来,那话语只顾不断地自口中喃喃而出。

倏地,勘助抬起头来。那风中似乎隐隐传来马蹄之声,想必应该是自高岛城出发的骑兵队吧。

"此外,还有一件事情不得不向您禀报。那便是胜赖大人的初阵了,十六岁的胜赖大人终于踏上了战场。名门诹访家之血正在胜赖大人的体内流淌着。公主您可是辛苦了啊!在那大雪之日从高岛城内出走,让勘助我无比担心。此刻在我脑海里面,那事竟恍如昨天刚刚发生一般。不过,时至如今,公主您也当高兴才是。此刻诹访家的血脉——"

言及此处,勘助忽然噤口不语。由布姬那独有的冰冷而清澈的笑声,似是传入勘助耳中。

"您在笑什么呢?"

勘助刚有此念,那笑声却又极似低声啜泣。

"公主,您在哭吗?"

勘助站起身来,四下环视。不知何时暮色已经渐渐包围了由布姬的墓碑。

"公主!"

然而,此时那不知是笑还是哭的声音已然消逝无踪,唯有秋风兀自从丘陵下吹来。

勘助木然伫立原地。由布姬当会如何看待这即将到来的决战呢？适才自己耳边那由布姬的声音，究竟是笑声还是哭声呢？公主她究竟是在欣喜着，还是在悲伤着呢？勘助的心情久久无法平静下来。今日之前，勘助一直认为自己此番带来的消息当会令九泉之下的由布姬高兴才是，然而现在，他的这种想法却渐渐动摇。

由布姬那冷然而又令人不快的笑声，意味着什么呢？不，那也许并非笑声。若非笑声的话，当为低声啜泣才是。若是啜泣之声的话，其中究竟又有着何种意味呢？

"有事相报！"

此时，一名随从自围墙外向勘助喊道。那随从的身影已被暮色笼罩，看不分明。

勘助转过头去，大声喝问：

"怎么？"

"有大批兵马正自山丘下通过。木曾的部队应该尚未到来，恐怕是伊那高远的秋山大人的军队。"

随从们知道勘助要去迎接与伊那部队一同前来的胜赖。

"什么？伊那部队吗！"

勘助认为，若说是伊那部队的话，那么来得未免快了一些，于是命随从迅速前去确认。此刻，一度因为风势而听不真切的马蹄声忽然清晰起来,那蹄声哒哒如奔雷一般愈行愈近,想必正要从这丘陵的脚下通过。

未几随从回来。

"正是高远的秋山晴近大人的军队。"

听到此言,勘助拜别由布姬的墓园,与随从一行直下丘陵而来。

秋山信友的部队默默地向前疾行。夹于两侧的骑马队之间的步兵部队绵绵无尽地走在行军途上。不用说,这军队正是收到了来自古府的快马的通报,正急急赶往北信之地。

"秋山大人何在?"

勘助策马来到部队近前,一段一段地向部队中的武士询问大将秋山晴近的所在,但似乎没人清楚。有人说他在前面,也有人说他在后尾。勘助只得不断驱马前行。

"秋山大人在吗?"

勘助口中不时呼喊着,一面驱马向队伍前头行去。

月亮要待夜半时分才会升起,此刻周围极为黑暗,除了左边湖面上朦胧微光隐约可见之外,无法看清任何东西。

"秋山晴近大人在吗?"

勘助不知如此叫喊了多少次后,终于听到一个年轻的声音在身后响起。

"勘助吗?"

勘助勒马停住。

"是胜赖大人吗？是少主吗？"

"正是。勘助吗？"

"噢噢！"

勘助心中激动，声音变得颤抖。此时一骑武士自部队中离脱，来到勘助身旁。

"是老爷子啊！"

"正是在下。正寻找少主您呢。"

"勘助，入列吧。"

"是！"

"一边走一边说吧。"

胜赖立时返回行列之中，勘助亦随其后。

"我正率领着五十骑武士呢。"

胜赖骄傲地说道，声音多少有些兴奋。

"那可真是了不起啊！"

勘助回应，心中一面暗忖：这与其说是率领了五十骑武士，莫如说是被这五十骑武士保护着才对吧。此时，勘助被连自己亦全然无法控制的心情所驱使，忽然对胜赖说道：

"请您务必率领这五十骑武士，进入高岛城中。"

"你说什么？"

"初阵对您来说尚属太早，请务必再等待一年吧。"

"岂有此理，胜赖我不愿听。"

这年轻的声音之中饱含着固执。

"不，这是主公的命令。在下勘助正是为了向您传达此事，因此特意赶来的。"

"这是父亲的——"

"是的。这正是主公严厉的指示。"

"我要请求父亲重新考虑！"

"不，这可不行。以主公的脾性，既然已经如此说了，就不会再答应您的请求。还请务必等待一年才是。"

虽说有些苛刻，不过勘助终于还是下定决心说了出来。勘助突然决定不让胜赖在这次决战中上阵，他自己也觉得有些不可思议。不过，这样就好。说出来之后，勘助不知为何松了口气。

勘助此刻对让胜赖参加此次决战一事害怕起来，对于此事，他奇异地失去了自信。这是在拜祭了由布姬的墓园后，心中突然发生的变化。勘助觉得，由布姬泉下有知，未必对胜赖初阵之事感到喜悦。因此，不必将这位年轻的武士送到如此危险的战场上去。至于信玄那里，想办法找一些理由，总能搪塞过去的吧。

到得高岛城下，勘助与胜赖离开了部下们，进入城中。在城内篝火映照下，胜赖的脸色却依然显得苍白，双唇紧闭，任谁都能看出他憋着一肚子气。那生气时的表情，活生生的便如由布姬再世一般。

"率领五十骑武士上阵作战，显然不如将来作为伊那高远城城主，率领两千兵马出征更好。我勘助以性命保证，这一年之内，一定请求主公让您担任伊那郡代之职。您故去的母亲大人，亦是如此考虑的。"

无论勘助说什么，胜赖只是闭口不理。勘助也不在意，径直将胜赖带入城中的内院，然后对他说道：

"这座城就托付给您了。拜托了！那么，我勘助就此告辞。"

勘助感到久留此处也是无益，于是朝城门方向返回。走近城门时，突然听得一声呼唤：

"勘助！"

是女子的声音。勘助循着声音的方向看去，只见於琴姬站在那里，半边面庞已被篝火映红。

"这、这不是於琴公主吗！"

"请多保重。"於琴姬说。

勘助施了一礼，从於琴姬身前经过，却又折返回来，翻身下马，说道：

"从今往后，还请您助胜赖大人一臂之力。此次的决战胜负难言。若是有个万一的话，还请相助胜赖大人——"

"您为何突然说起这样的话来？"

於琴姬似乎有些惊讶，顿了一顿，接着道：

"我自己是没有什么力量啦，唯有两位小公主与信盛。信盛也已经十二岁了。我想他会像你曾经说过的那样，成为胜赖大人的得力臂膀的。"

"如此我便放心啦。我勘助，可以心无挂碍地上阵了。"

说罢，勘助跨上马背。

勘助出得高岛城门，心中已无半分牵挂。无论什么时候死去都无所谓了。不过在死去之前，如果可能的话，希望能够亲手举起谦信的首级。

信玄本队一万人按照预定计划，十八日自古府出发，二十日翻越大门岭，待南信一地的三千兵马加入部队后，全军于二十一日到达腰越，当夜在上田宿营。

来自海津城的快马频繁带来消息：谦信已然渡过千曲川，将本阵布于海津城附近的妻女山上。谦信这举动与武田军此前的预期全然不同，实在是大胆至极。通常来说，以千曲川为界布下阵势，与海津城遥遥相对，这才符合道理。然而谦信却渡过千曲川，虽说如此一来有可能迂回到武田本阵的后方，然而同时却也切断了自己的退路。

信玄在上田扎营之时，北信诸城砦的部队陆续赶到。这新加入的兵马约莫五千，于是武田大军总兵力已经达到了一万八千人。

二十三日，信玄自上田出发，于二十四日拂晓渡过千曲川，进入川中岛，与妻女山的谦信军相对布下阵势。此后五天，四下无风，两军相峙，气氛益发紧张。

二十九日，信玄再次横渡千曲川，全军返回海津城内驻扎。

妻女山的谦信与海津城的信玄咫尺相对，双方在如此对峙中迎来了九月。满山遍野霎时铺上了一层晚秋的寒意，阳光也变得微弱。九月九日重阳节这天，海津城将兵齐集于本丸附近，举行酒宴。因宴会于阵中进行，在场的武将尽皆披挂整齐，席上话题亦是如何进攻妻女山的谦信军队。

"我方人马将近二万，与此相对，敌方只得一万三千。若是全军一气冲出城去，以破竹之势直取敌阵，仅凭这人数优势便可说必胜。若是这一战拖得太久，于士气难免有所影响。"

饭富兵部一如既往地坚持他正攻法的理论，这个建议秋山晴近与高坂弹正忠亦表示赞同。

"勘助认为呢？"

信玄问道。

"嗯。"

勘助回应了一声，却没有答话。勘助如今能够确定的是：只要坚守此城，武田军绝对立于不败之地。这座海津城是自己指挥建造、绝对无法被攻陷的城池。只要据守此城作战，就一定不会被击败。这是他目前唯一信心百倍的事情。说实话，除了这个之外，勘助全无把握。大军出城直接攻打妻女山的话，或能取胜，或将败北。

"饭富大人的意见，那自然是十分恰当的。不过在下始终认为，如此作战虽有取胜的可能，但同样亦有战败的可能。"

稍顷，勘助说道。

"说得也是啊。"

信玄笑了起来。信玄感到勘助对于此战的谨慎态度几乎到了神经质的地步，实在是有些可笑。虽煞费苦心地渡过千曲川到对岸去布阵，后来却又收兵进入海津城内，这全因勘助固执己见的缘故。

"那么，要如何才能取胜呢？"

"要等待敌军有所行动，然后依敌军的行动来决定我军的作战方策。若是我方先有动静的话，妻女山的敌军便会采取相应的措施。这可就不妙了。"

"那就是说，要静待时机吗？得一直等下去吧。"

信玄依然笑着说道。信玄总是对劳苦功高的勘助有着偏祖之心。虽说勘助的想法与信玄并非总是一致，但信玄即使明知可能使自己陷入危险的境地，也要支持这位老军师的意见。对这位把与谦信的决战作为目标，迄今为止尝尽辛酸的老部下，信玄希望能将这一战的荣誉加诸他的身上。

当晚，勘助自大帐中退出之后，高坂昌信前来拜访。

"我有一事，想说给老人家您听听。"

高坂昌信说道。

"什么事呢？"

"不是别的，我是估摸着这一两天内，我方当会倾全军兵力，出城攻打妻女山了。"

"原来如此。"

"我想，主公亦有这个打算吧。"

"嗯，那又如何呢？"

"饭富大人自不必说，大概所有武将都会赞成此举吧。"

"大人您呢？"

"我吗？我也不反对。若是两军在千曲川及川中岛一带交战的话，则另当别论。如今的状况之下，我想我军数量上的优势当会发挥作用才是。"

勘助默然不语。既然这些以善战闻名的武将们尽皆如此考虑，想来此举应该不会有错。然而，勘助对于取胜却没有绝对的自信，他亦认为没有任何人会有必胜的把握。只要有一丝不确定的话，这岂非便是拿武田的家运当赌注了吗？

"既然高坂大人您也这么说，我勘助一定会好好考虑的。不过，我想先去见见主公，看他究竟意下如何。"

勘助说道，面色约略有些苍白。高坂昌信离开后，勘助径直来到信玄居所。

信玄一见勘助，开口就道：

"已经听说了吗？"

"主公您果然也想由我方来发起决战吗？"

"是的。"

"理由呢？"

"这可就不好说了啊。也没有什么特别的理由，只是突然想要发动进攻了。"

"这样的说法，我勘助可没法接受啊。"

"但是，我就是这样想的。——您想要打仗的话，您就去打好了。"

信玄仿佛在模仿谁的口吻，说完哈哈大笑起来。

"哎？"勘助抬起头来。

您想要打仗的话，您就去打好了——勘助口里也喃喃重复着这句话。没错，这是由布姬曾经说过的话。

勘助的视线一直没有离开信玄的脸，突然说道：

"这次，我前去公主的墓园拜祭了。"

"噢，是吗。"

信玄顿了一顿，又道：

"你让胜赖住在高岛城，不让他来参加此战了？"

"您知道了吗？"

"嗯，这事很快就传到了我这里。"

"依我勘助的想法，想让胜赖大人初阵的时间推迟一年。"

"为何要推迟呢？"

"此次决战非同小可，若是有个万一——"

"唔。方方面面的准备俱已妥当，勘助你为何还是如此谨慎呢？毋庸过于担心，胜赖会平安无事的！"

"是。"

"由布姬亦放下心来了吧。她对我说：您想要打仗的话——"

信玄如先时那般模仿由布姬的语气说着，再次大笑。

这一刻，勘助倏地感到四肢百骸的勇气不断涌入胸中，自己似乎也如信玄那般，冥冥中听到了由布姬的这句话语。

"主公。"勘助向前探出身去。

"若要进攻的话，便兵分两路吧。一路兵马前往妻女山奇袭谦信营地，另一路则渡过千曲川前往川中岛布下阵势。当越后军遭受袭击而拔营下山，必会横渡千曲川。此时，待机于川中岛的这一路人马,便予其最后一击!"

"唔。如此作战,几时为好?"

"越快越好。"

"明天夜里?"

"不。"

"后天夜里吗?"

"如果决定要如此行动的话,便在今晚进行吧。这样一来,此计必定不会泄露。眼下知道此事的,唯有主公与勘助两人。"

"由布姬她,或许也知道吧。"

说到这里,信玄立时站起身来,向屋外走了几步,却又忽然折回问道:

"妻女山的奇袭部队让谁去指挥呢?"

"让高坂大人指挥如何?"

"好吧。人数呢?"

"一万二千。让他们在高坂大人的指挥下于深夜出城。饭富、高坂、真田、小山田几位大人的兵马,都编入这一路先遣部队吧。现在离出城还有约莫一刻时分。"

"剩下来的,可就只有八千人啦。"

"这边由主公您亲自统率,于拂晓前渡过千曲川,在川中岛布阵。山县、穴山、内藤,以及信繁大人、逍遥轩大人的部队，俱编入这本队人马。正好夜半之时月亮方才升起，利于先遣部队行进。而清晨之时雾色极浓，可掩护本队人马行动。"

勘助说完，便自信玄跟前退下。

不多时，城内广场之上便挤满了将要出阵的武士。由于禁止说话，夜色之中唯独听见擦拭、披挂武具的声音以及马蹄声，气氛十分紧张。

深夜，高坂昌信统率的一万二千人的大部队，为了在卯时[1]准时向妻女山谦信的营地发起攻击，在月亮升起之前迅速出城，登上了前方丘陵的陡坡。

高坂昌信跨上战马，来到勘助身前。

"老人家，我先一步出城了！"

高坂短短地说道。黑暗中，勘助只听得见高坂的声音，却看不真切。

"祝您武运兴隆！"

"也祝您武运兴隆，老人家！"

高坂的身影很快远去。这一万二千人的部队出城，花了很长时间。先遣部队的大批人马离开之后，城中变得十分安静。勘助率领少数部下来到广场西南的楼橹下面，静待本队出发的时机。一刻之后，这海津城内便一兵一卒也不剩了吧。

---

[1] 卯时：相当于早上6点。

勘助良久一动不动，思绪万千。自天文十二年来到武田家仕官，到如今已经过了近二十年光阴。这一段漫长的岁月中，充斥着各种各样大大小小的合战。除了合战便什么也没有了。这些大大小小的合战便如同大大小小的石子一般，翻滚推动着岁月一去不还。

寅时①一到，作为本队先锋军的山县昌景部队率先出城。此后穴山伊豆、武田信繁、内藤修理等人率军陆续自海津城出发。

勘助跟随在信玄的旗本队中最后出发。出得城门，勘助回首望去，那无人的城砦孤零零地坐落在黑暗中。虽然天边已现微光，但周围咫尺之处仍是一片黑暗。任谁看去，海津城此时都不过是一团黑黝黝的巨块。不过，唯有在勘助眼里，这城砦犹如在白天一般轮廓分明。无论是本丸、二之丸，还是五座城楼，其位置均是清晰可辨。全因此城是勘助亲手所造。

兵马于浅滩处渡过了千曲川，此时的川中岛平原正笼罩在茫茫大雾里。武田的本队人马便在这浓雾之下贴着地面悄然变化着阵形，两翼部队横向缓缓张开。信玄本阵所在的川中岛八幡原上，数十面旌旗立于雾中。当先醒目的那面，正是武田家的"风林火山"之旗。

---

① 寅时：相当于凌晨4点。

第十三章

高坂昌信所率由甲斐军中一万二千精兵编成的先遣部队，预定将于卯时自山顶向下俯冲攻击妻女山中谦信的大营。

信玄在八幡原布阵后，不断派出探马，注意妻女山方向的动静。虽然雾依然很浓，一间之外便一片混沌，但妻女山上突入谦信营地的我军人马那海啸一般的喊杀声，这里却应能清楚听到。

在听到喊杀声后一刻之内，谦信那如雪崩一般溃逃的军队当渡过千曲川来到这里。等候已久的武田军本队便会杀他个措手不及。取下敌军总帅谦信的首级只不过是时间问题——此时此刻，无论是信玄还是勘助，均是如此认为。

"还没听到吗？"

信玄不止一次地催促探马加紧探听。在距信玄不足一间处，勘助端坐在马扎之上。

探马的身姿不断自浓雾中出现：

"妻女山方向仍未发现异状，只是隐约见得三处不知什么发出的小小火光。"

如此这般的报告不时传入勘助与信玄的耳中。

"奇袭部队的攻击或许是因为这浓雾稍有延迟吧。话说回来，这么大的雾——"

勘助顿了一顿，信玄接话说：

"即使是在这里，这雾也极为少见。如此浓雾对我军来说，想必是非常幸运的吧！"

"这是当然。——或许这正是诹访明神的护佑啊。"

"这雾对我军来说有利的话，那么对敌方是否也有利呢？"

"是啊，倘若敌军亦准备发起攻击的话——"

说到这里，勘助突然心中一凛，不由得自马扎上站起身来。

"我勘助，亲自去打探一番吧。"

留下这句话后，勘助独自从八幡原的平地向低洼的田野方向行去。

雾开始缓缓移动。松树的树干时时在雾中隐现。勘助每走出约莫两三间距离，便要停上一停。这感觉仿佛在浓雾之中游泳一般，无法判断前方可有物事拦住去路。即使如此，勘助仍然不懈地向前走着，忽而碰到树干，忽而绊到木桩。

勘助被一种强烈的不安所包围。此时此刻，笼罩在勘助身体四周的并非浓雾，而是一种坐立不安的心情。我军眼下正静候着取得谦信首级的那一瞬间，而谦信又何尝不是在这浓雾之中虎视眈眈地觊觎着胜利的时刻呢。会有这样的事情吗？真是岂有此理！怎么可能发生这种事！但是，这种不安感又是缘何而来呢？这大雾之中透过冰冷的肌肤直达内心深处的不安感，究竟是什么呢？

突然，勘助停下脚步，大喝一声。

"是谁！"

他分明听到马蹄之声，这匹马似是在周围徘徊往返。未几蹄声渐近。

"风！"

来人大声喝道。

"山！"

勘助回应口令。

"请让一下！"

一骑武士犹如劈开浓雾一般倏地出现在勘助面前。

"我是山本勘助。你是探马吗？"

"是！"

来人勒马停住，坐骑前蹄高高扬起。

"急报，这前方的田地中，藏有数百名骑马武士！"

"我军吗？"

勘助急忙问道。

"我想应该是吧，但我不太明白。"

我军以八幡原为中心，左右展开布下阵势。在八幡原的后方或许会有后阵的士兵，却不应该有人往前进军。这样想来，前方应当没有一兵一卒才对。

"好了，去吧！"

勘助不由分说，拨转马头，急急驰向信玄所在的本阵。此时，浓雾以极快的速度散去，左右的树梢渐渐看得分明，树根亦自雾中显现。

勘助回到本阵时，只见包围在四周的旌旗仿若隔着一层薄绢一般。而这薄绢亦渐渐透明，乃至消失。

"主公！"

勘助大喊。信玄亦同时问道：

"妻女山方向如何？"

"事出万一，妻女山上恐怕已是一座空砦。"

"什么！"

信玄猛地站起。

"谦信或许便在前方的浓雾之中。"

"岂有此理！"

信玄大惊，厉声喝道：

"那可如何是好？"

这声音却也不禁微微颤抖。

稍顷，指示变换为作战阵形的号角声低沉而浑厚地响起，与此同时，一骑探马、两骑探马，紧接着第三骑探马疾驰而来。

"有大军在离此数町之外布阵，右翼开始移动！"

来者高声通报。

"左翼的骑兵部队在东边展开！"

第二骑探马来报。

"前方的部队正是越后军，人数一万数千！"

最后一人话音未落，西方响起激烈的铁炮铳声。

不知不觉间，大雾所剩无几。散布在这大平原上的小高地、松林、田野、道路、密集的房屋、河川，犹如自雾底涌出一般，悉数看得分明了。

勘助倏地呆住。这是他此生当中在这世上从来未曾看到过的恐怖场面。数百，不，数千名骑兵组成的集团分为左中右三路，如风卷残云一般向此时信玄与勘助所在的八幡原直扑而来。这三条由骑兵形成的缎带，将平原齐齐研为四段。勘助不禁倒吸一口凉气，看得瞠目结舌。敌军的攻击方式实在令人叹为观止。

一瞬之后，喊杀声亦自我方阵营中响起。左翼武田信繁的骑兵部队约七百人合作一团，向自平原之上杀来的一条缎带迎将过去。

"主公！"

勘助叫道：

"作战策略失误，我方如今陷入了不曾意料到的境地了！"

"能取胜吗？"

信玄此刻却出奇地冷静。

"一定得取胜才行！"

"不取胜的话，可就没命了啊。"

"比起性命来，您更加对不起武田家的先祖吧！"

"我可不想死。我要活着！"

在两人犹如说笑一般的对话之后，信玄悠然地笑了起来，似乎此刻并非身处困境之中。

"勘助，在高坂的先遣部队回来之前，这会是一场苦战啊。在那之前，你可别丢掉性命啦。"

信玄说道。

"主公，您也是。"

勘助回答。他的心意亦与信玄相同。武田军中骁勇善战的高坂、饭富、马场、小山田诸将，已尽数编入先遣部队中前往妻女山，不在这战场上。此战胜负的关键，便系于这一万二千人的大军能否加入战团。若能坚持到那时候，胜利当属我军所有吧。无论如何，在那之前不能让信玄战死。勘助决心护卫在信玄身边，直到最后一刻。

杀声四起。继左翼的武田信繁部队之后，中央的山县三郎兵卫部队、右翼的内藤修理亮、诸角丰后守部队均已迎上敌方袭来的大军。

勘助没有想到，多年以来自己脑海中描绘的与谦信军的决战，会在如此艰难困苦的情势之下展开。然而，眼下这激烈的战斗已经作为现实呈现在勘助的眼前。

雾已散尽，大地被浓雾洗濯一番，正是一个明净的秋日之晨。信玄身上绯红色的法衣十分夺目。信玄在法衣外披着黑色铠甲，头戴诹访法性之盔，端坐于马扎上。勘助立于一旁，已剃度了的法师头上缠绕着白色钵卷①，身上披挂的亦是黑色甲胄。

一时间，喊杀声变得激昂起来，其中夹杂着军马撕裂心肺的悲鸣。两军的先锋已然战作一团。

从两军一交锋开始，武田军便陷入苦战。兵力上的差距自不必说，作战计划的失误也大大影响了士气。不管怎么说，如今的状况，正是武田军遭到了越后军的奇袭。

---

① 钵卷：这里指缠绕在头上的头巾。

务必要取胜。在我方先遣部队那一万二千人到达战场之前,战况再怎么不利,都要苦苦支撑下去,如此方有取胜的机会。——勘助心中便只有这个念头。如今已经没有考虑战术的余地了,双方已经进入了短兵相接的阶段,已经演变成为力量与力量之间的搏杀。勘助的作战策略,被谦信漂亮地将计就计了。

"信繁那边如何了?"

信玄并没有将视线投往战场,只是半闭着眼睛,以极为平静缓慢的语气问道。

"还未被击溃。"

"嗬,坚持得不错啊。"

信玄说道。他那说话的神情,让勘助感到一股暖意。信繁的苦战勘助亦看得分明。仅仅七百的兵力被数倍于己的敌人围剿,如风中之烛一般飘摇不定。

勘助忽然感到危险急逼过来。敌方军力不断加入战阵,冲上前来。与此同时,苦苦支撑到现在的信繁部队终于崩溃。由于人马本来就少,这一崩溃,顿时被狂卷而来的敌方大军完全吞没,甚为惨烈。

霎时间,山县三郎兵卫部队的一千兵马自侧面冲出,以一往无前的气势将敌军割为两段。那凌厉的攻势教人看来激动不已。

"信繁大人虽已溃败,不过顶替上来的是——"

"是山县吧。"

信玄说道。

"是的。"

"这边暂且不用管他。右翼呢?"

"诸角大人的部队正在苦战。"

"还能撑下去吗?"

"内藤部队正向右迂回,胜败暂时无法判断。"

稍顷,传来武田信繁阵亡的消息。

"信繁大人,战死!"

一匹快马急奔过来,倏地失了前蹄,那报讯的武士一个筋斗从马上栽下,手中兀自握着长刀。

"信繁大人,战死!"

那武士爬起身来,再次大叫,然后又向前栽倒。

勘助近前将武士扶起,用膝盖撑住他的胸口,把他身上所中的箭一根一根地拔出。三支箭矢贯穿了胸部,这武士断了气。想必信繁亦是如此,在这战场之上迎来了自己三十七岁生命的最后一刻。

"信繁战死了吗。真是不幸的家伙啊!"

信玄叹道。

"这都怪我。"

勘助觉得非常歉疚，他感到，造成如今的情势全是自己的责任。

"勘助，我已经说了，这是信繁自己运气不好。一定要争取在今日未时庆祝胜利。"

"是。"

勘助无法抬起头来。信玄此言，到底是在安慰自己呢，还是真的相信我军最终能够取胜呢？对于自己这不成功的作战计划，信玄没有半句责难。此刻，勘助感到心潮澎湃，他愿意为信玄做任何事情，只可惜自己的生命仅有一次。他跨上毛色灰白的坐骑，在八幡原的阵中向四方眺望。

如今战场上早已乱作一团，敌我难辨，处处只见兵士之间的殊死战斗。秋日的阳光冷冷地散照在平原上，大地显得抑郁而沉重。刀枪反射的寒光，在这纷繁而嘈杂的战阵之上随处闪现。

如果高坂在这里多好！如果马场在这里多好！如果饭富在这里多好！勘助不止一次地如此想道。甲斐军中精锐的长枪骑兵们，不为别的，正是因为勘助自己的计策而被派往远离战线的地方去了。

接替溃败的武田信繁部队而迎上前去的山县部队，从左翼到中央保持了长时间的强劲攻势之后，却不知何时已被迫转攻为守，正毫无办法地节节后退。

在如此危急的情势下，却又传来右翼的诸角丰后守于乱军之中战死的消息。大将阵亡，右翼人马开始呈现败逃之相。在得知诸角丰后守战死的同时，勘助感到这八幡原就快要变成战场了。由于右翼败退，如今八幡原的本阵前方失去了防备，直接成为了战斗的第一线。

"主公！"

勘助高声呼喊的同时，信玄似乎也注意到了形势的严峻：

"谦信的旗本队将要冲到这里了吧。"

"应该是吧。"

"这样一来，还能支撑一刻时分吗？"

"不支撑下去可不行啊。"

"能支撑下去的话，就会取胜了吧。支撑到高坂的先遣部队从背后突入敌军之时。"

"正是如此。"

勘助向四方传令，务必要固守八幡原。武田本阵如今仅剩一千八百余人了。左翼的后备军原隼人[①]、武田逍遥轩的部队一千人，以及右翼的后备军武田义信、望月甚八郎部队的八百人，都悉数调来守护本阵。如此一来，武田的所有人马都已加入了战阵。

---

① 原隼人：原隼人佑昌胤，原昌俊之子，武田家臣。隼人佑是官位。

霎时，勘助听到了令大地都为之颤抖的喊杀声。果然，敌军旗本三千骑，自离此数町距离的高地向此处杀来。

信玄第一次挥动采配，向旗本全员下达了冲出八幡原迎战敌军的命令。

"主公，我把马牵来吧！"

慌乱中，勘助向信玄喊道。

信玄依然端坐马扎上，只是摇摇头。宛如武士人偶那般一动不动。

"我勘助去看看。"

勘助打算亲临阵前打探一番。

"先遣部队还未回来吗？"

"还未回来。"

"好，你去吧。"

信玄说道。这已陷入穷途的年轻武将眼中，却依然散放出熠熠光彩。

勘助策马在高地上兜了一个大大的圈子，直向这广阔平原的尽头望去，仍然不见一兵一卒的身影。高坂在干什么？马场怎么了？绝望之感渐渐攫住了勘助的内心。

勘助让两百名部下统统在此等候。他将自己的部队作为守护信玄的最后之盾，等待着出击的时机。

乱箭一支支地打在松树树干上，落到地面。喊杀声四起，铁炮铳声不绝于耳。仅仅一町之遥的前方，已化为修罗场。两军攻守进退，拼死搏斗。

勘助驱马不断徘徊，心中只是企盼那平原尽头赶快出现如芥子粒一般大小的黑点。此战的胜负全然系于那黑点的出现与否之上。除此之外别无他途。

"主公。"

勘助再次来到信玄身旁。信玄道：

"与村上义清那一战时，也跟现在一样呢。我这周围一名兵士也没有。"

与村上义清的那一战，亦陷入了凶险的境地，不过最后不还是取得胜利了吗！信玄言下之意是这个吧。情势已到了这个地步，信玄却依然在考虑着胜利的事情。在他背后全然没有死亡的阴影。

此时，武田逍遥轩的部队犹如被割开一道伤口一般向两旁分开，敌方二三十名骑兵合为一股直逼过来。

勘助向自己率领的两百名精兵下达了出击的命令。此刻，不得不将最后一兵一卒也投入修罗场的时候，已经来到。

激战已持续了半刻以上。勘助从未经历过如此激烈艰难的战斗。敌军以无论如何也要一气将信玄本阵摧毁的气势，二三百人马合为一团,数度向武田军本阵发起冲击。一时间,地动山摇的惨叫声与喊杀声混合着军马的悲嘶铺天盖地。武田军不断地抵挡袭来的敌军,将其分割、包围,不遗余力地苦苦支撑着。这是一场完全如文字所描述那般壮烈凄绝的血战。

勘助指挥着自己手下人马不断左右移动截击。不能让一名敌军靠近信玄所在的本阵,这是他的职责。他的这些部下每一次移动过后,仅凭目测便会看出人数明显减少。

勘助每得喘息之机,便会向松林中的本阵瞥上几眼。在这两万余人激烈缠斗的平原之中,这一片区域却仍然无比寂静。武田军的数十面旌旗直直地矗立于彼处。尚未有一名敌兵踏入这片禁地。然而,那只是时间问题了吧。大概很快越后军便会如潮水一般充满这片地域。

"山本勘助!"

勘助听得呼唤,回头看去,信玄的嫡子义信正策马奔来。这位二十四岁的年轻武将眉间负伤,右颊已被鲜血染红。

"父亲就拜托你了,请不要离开这里。"

"那么,义信大人您呢?"

"我去袭击敌军本阵。如此下去,我军会被慢慢击溃的。这以后就拜托了!我义信,突袭敌军本阵去了!"

义信不管三七二十一，想要杀入敌方本阵，取得谦信的首级吧。然而，要到达谦信本阵却并非易事。此地与谦信本阵之间的数千敌兵，成为了难以逾越的障碍。

勘助凝视着义信的脸。多年以来，勘助一直与这年轻武将周围的势力对抗着。勘助保护着由布姬、保护着於琴姬、保护着胜赖等妾腹所生的孩子不受这势力的侵害。

如今，勘助却想道，自己长时间以来对这位年轻武将的憎恨，除了他是正室所生的孩子以外，却没有其他大不了的理由。

秋天的阳光无力地照射在义信那龙头之盔的武田菱①饰物上。义信紫色镶边的铠甲已然破损，青色战马亦负了伤。片刻，勘助静静说道：

"此事，让我勘助替您完成吧。"

接着，勘助又道：

"如您所言，如此下去我军支撑不了一刻时间。我们所指望的先遣部队，却不知为何依然没有到达这里的迹象。"

勘助说着，再次将视线投往平原尽头。高坂率领着的那一万二千人马仍然连一个影子也不见。

"让勘助我去突袭敌军本营吧。大人您留在此地，若是左右两翼皆支撑不住，那时你便与主公一道杀开一条血路，

---

① 武田菱：武田家家纹。

去往海津城暂避一番。"

"不——"

义信坚决地摇头，想要说什么，勘助打断了他。

"请切勿轻贱您自己的性命。大人您的性命与我勘助这性命可大不一样。您是武田家的嫡子，是武田家的血脉！"

勘助如此说道。曾经为了胜赖，想要除掉义信性命的勘助，如今却维护起义信来。武田家的命运正处于危急之中，此时此刻，无论是谁，只要体内流淌着武田氏之血，他就是必须要被珍视的人物。

"不——"

义信却仍不答应，猛然拨转马首，想要离开。

"您还不明白吗！"

勘助厉声喝道。

"我绝不能让您离开此地。您不守护着主公的话，谁来守护呢！"

说罢，勘助双足一夹，驱马前行。中途拐了一个弯，直向信玄所在的本阵方向奔去。

信玄右手扶着松树，笔直地站起身来，从容不迫地眺望着这平原之上的修罗场。

主公完全具有伟大武将的风范了！——勘助想要高喊出来。迄今为止，在勘助所看到过的信玄当中，此刻的信玄最是伟岸英武。此前的信玄，自战斗之初便会策马不断徘徊，且无论何时，都要挥动采配亲自指挥作战。然而，在今日这败相象浓厚的决战之中，信玄从一开始便仿若置身事外一般沉着冷静。除了下达重大命令以外，其余尽皆听凭部下自行定夺。

信玄将手轻轻放在松树树干上，仿佛俯瞰风景一般，悠然地环视着平原各处的战况。他那表情无论如何都不像凝视着败战情势的样子。勘助很想让由布姬看看此时信玄的风采。那正是海内第一武将的风采。

勘助拨转马首，在田地一角将剩下的亲兵集中在一处。

"接下来，我们要直穿敌阵，突袭敌军本营。在到达敌军本营之前，一直向前疾冲就好，周围的敌兵不要管他。诸君的生命，如今就交予我勘助吧！"

噢——！激昂的喊声自部下之间响起。

下一瞬间，勘助拍马向这修罗场的一角疾驰而去。稍顷，勘助回头看时，只见部下们合作一团驱马紧随其后，人数多于预想。

四周尽是敌军。勘助伏于马背，上身紧紧贴着马脖子，双手犹如朝拜一般举刀向前，就此纵马疾驰。

不知从何时起，勘助感到全身已被疼痛包围，却无暇顾及，只是兀自不断将刀锋斩向敌人，并不断承受着敌人的刀锋。

倏地，勘助见到前方竖起一片枪阵。突然，胯下战马高高跃起，如发疯一般掉头向一侧狂奔。奔出约莫半町距离，后蹄一软，坐倒在地。这正是在一个小丘的脚下。

勘助被远远抛在了地上。

爬起身来之时，勘助突然愣住。不想此处竟然能够望见平原的全貌。从这里能看到田地、能看到满是芒草的原野、能看到水洼及浅濑。而在这平原的尽头，芥子粒也似的细小黑点，犹如蜘蛛卵一般四散出现。

啊啊！终于回来了！勘助想道。随即他反射似的向松林方向望去，此时，数名骑马武士从他身畔驰过。

勘助站了起来。几名敌方杂兵自右向他渐渐逼近。

勘助摇摇晃晃地迎上前去。杀掉一人之后，自己肩上亦负了伤。杀掉第二人之后，脚下又被砍中。勘助立时坐倒在地。

"主公！先遣部队回来啦！庆祝胜利吧！"

长枪刺入勘助的侧腹，勘助紧紧握住枪柄，尽力站起身来。

平原上的黑点，数量正在渐渐增多。

风林火山之旌旗，仍旧矗立于信玄所在的松林一角，四周围绕的数十面武田军的旗帜亦在风中翻飞舞动。武田义信的一队人马当守护着本阵吧。在这混战之中，一万二千人大军的加入，除了意味着胜利之外，没有别的结果。胜利一刻一刻地逼近。务必要活下去！勘助如此想道。

"山本勘助，我来取你首级！"

一个极为年轻的声音说道。勘助循声转过头去，却什么都没看见。

勘助紧握刺入自己身体的长枪枪柄，另一只手中的三尺长刀在身旁急挥，却似乎没有斩中任何东西。

"就要庆祝胜利了，主公！等待不了多久啦！"

剧烈的疼痛在肩上游走。勘助仿佛被刺入身体的长枪拉扯着一般，跟跟跄跄走出半间之遥，撞在松树树干上。勘助背靠树干，兀自勉力持刀摆出架势。

此时，勘助这一生中最为平静的时刻来临。惨叫声与喊杀声虽依然铺天盖地，但勘助却充耳不闻。忽然，勘助眼前浮现出板垣信方的容面。信方说道：

"你活得可真久啊。我死之后你竟然还活了十多年呢！"

信方话音刚落，由布姬的容貌随即出现。由布姬如她心情愉快之时那般轻笑着，声音仿若珠玉翻滚一般由远及近：

"你这伤是怎么回事呀？本来就这样难看的脸，却还负那么重的伤！"

充满非难的语气正是由布姬独特的说话方式，这令勘助为之心醉。

"你可是山本勘助吗——报上名来!"

又是那异常年轻的声音。不知为何,勘助觉得自己若是死于年轻武士之手,则不会心有不甘了。

"不错,我正是武田的军师,山本勘助!"

话音未落,勘助只觉一股切断自己生命的寒意倏地掠过脖子。

鲜血冲天而起。军师勘助那异相的首级离开了他矮小的身躯。

平原的一角,已经渡过千曲川的高坂、马场、饭富的骑兵队正如奔雷一般直指越后军背后。

而此刻的谦信,猛然拔出二尺四寸长的太刀,驱策爱马放生月毛[1],直向武田本阵冲杀过来。这位头戴金星之盔,并用纯白的绢布宛如修行僧一般将头盔包住的越后军总帅,想要单骑与宿敌信玄决一雌雄。

此时,距信玄如预言那般庆祝胜利的未时,尚余一刻以上。

平原的天色已与先时全然不同,原本微弱的秋日更加黯淡,浑浊的雨云正自西南涌起,滚滚而来。

---

[1] 放生月毛:谦信的爱马。月毛,指马的毛色接近米色。

译后记

译毕最后一字,我后仰靠在座椅上,脑海中满是小说结尾山雨欲来的气息,挥之不去。

"不错,我正是武田的军师,山本勘助!"随着这堂堂正正的自报姓名,勘助的一生戛然而止,他的爱、恨、抱负、梦想全都在这一刻定格。至于高坂、马场别动队到达战场,谦信与信玄著名的"三太刀"对决,以及武田军的惨胜,都不再存在于这部小说的时空中。唯有勘助生命最后的那一刹那,连同自西南方向滚滚而来的浑浊雨云,成为了永恒。

1950年至1960年,正是井上靖先生创作的全盛时期。这十年间,先生发表了大量的作品。发表于1954年的这部《风林火山》,正是其中最为著名的作品之一。主人公山本勘助,原是日本历史上传说中的名军师之一。在本书成书的年代,山本勘助存在的真实尚未有令人信服的证据,而井上靖先生却用自己的笔向读者描绘了一个鲜活动人的勘助形象。

小说通篇，均以勘助本人为视点来展开，见勘助之所见，闻勘助之所闻，想勘助之所想，能最大限度地让读者与勘助这个角色进行共鸣，切实地感受到勘助的爱与痛、生与死、抱负与梦想。

勘助对由布姬的爱情，是本书最为动人之处。勘助面容丑陋、身材矮小、一目浑浊、一足残疾，从外表来看可以说毫无可取之处。不过勘助天生敏锐的洞察力与缜密的思维，加上半生的积累，使他在军学之上不输于任何人，因此尽管知晓自己外表丑陋，但与武士们相对之时，勘助是非常自傲的。他知道，论才识的话，这些人远远不及自己，他用不着因为自己的外貌而自卑。然而在由布姬的面前，勘助的才识陡然变得无用。由布姬动人的美丽与勘助丑陋的外表形成强烈的落差，而这样的落差是无法用才识来弥补的。面对由布姬纯粹的美，勘助感到自卑，并从中滋生出对由布姬的爱意。这种爱是男女之爱，却又不同于普通男女之爱。这种爱去除了官能的因素，变成了十分纯粹的倾慕。可以说，由布姬对于勘助来说，就是一个极为优美的符号，其中倾注了勘助对于美的一切情感。勘助力图将这美好的倾慕对象与自己的抱负结合起来，于是在他对信玄及由布姬的忠诚的前提之下，有了对身负二人之血的胜赖的忠诚。这亦是勘助对自己梦想的忠诚。这梦想中，包含了勘助的爱情。

勘助对于由布姬的爱，隐藏在井上先生平淡朴实的行文之中，犹如涓涓细流。然而细流交汇之处，矛盾冲突迸发，强有力地震撼读者的心。可以对比一下书中两场死亡——爱护勘助的板垣信方的死亡，与勘助深爱着的由布姬的死亡。信方在上田原战死之时，勘助身在本阵，没有亲见，而是通过传令兵的喊叫得知。同样，由布姬的病逝，亦是由来自诹访的使者告知。因此这两场死亡对勘助来说，都是突如其来的，同时对读者来说，也是突如其来的。得知信方战死时，勘助尚能抑制住自己的情感，他的经验与才识告诉他，这时必须冷静地继续指挥作战，因此直到战争胜利之后，勘助才有时间为信方之死而悲伤。然而在得知由布姬病逝后，勘助却方寸大乱，不知道该如何面对这个噩耗，只是如发疯一般左冲右突，几乎死在敌军重围之下，幸得部下相救，杀出一条血路，却在荒野中漫无目的地漂泊数日，最后在河滩之上，终于无法抑制自己的感情，号啕大哭。译至此处，从井上先生那平实而有力的文字之中，所有前文铺垫的情感在此一并迸发出来，使我确实地感受到了勘助的悲痛，竟也不由心酸起来。由此而感到勘助对由布姬之爱竟是如此强烈。

我很庆幸自己能够得到这样一个机会，通过翻译的方式，与井上靖先生这位伟大的作家进行某种沟通——也许称为一种单方面的学习更为恰当。这是我第一次翻译井上靖先生的著作。虽然以前曾读过先生的小说，但都不若这次来得深刻。翻译比之阅读，委实难了许多，不若读书冷暖自知即可，却还要将这冷暖务求原汁原味地传达给他人。翻译过程中，我通过每一个词语每一句话每一个段落乃至每一个章节的结构安排，来揣摩先生的写作意图，这过程既辛苦，却又令人兴奋。先生行文一向平淡朴实，但却犹如平静海面之下的汹涌暗流一般，又令人感到切实的冲击。我在翻译的时候也力求一方面不改先生文字朴实无华之形，一方面能够传达先生作品中暗暗蕴藏的张力。以我尚浅之功，时而感到力有不逮，却也一路撑了过来。及至此刻，译毕最后一字，我依稀能够体会到先生在写完这部小说那一瞬间的心情，不禁涌起一股难以名状的喜悦。

我由衷地期望，我的翻译能够如我所愿地将井上先生的作品呈于读者面前，然无奈笔下功力不及先生之万一，错误疏漏之处难免，恳请各位读者指正。

本书是日本历史小说，其中涉及大量专有名词，在可能的范围内尽量加以注释，务求最大限度地减少读者的阅读困难。

感谢我的亲人和朋友们在翻译过程中给予的支持与帮

助。感谢重庆出版社的邹禾先生与肖飒小姐对本书出版所做的努力,以及编辑的认真负责。

子 安
2008年5月27日凌晨

附录　井上靖年谱

1907年（明治四十年）
5月6日，出生于北海道上川郡旭川町，父亲井上隼雄，母亲八重，井上靖为二人的长子。
祖父井上洁。井上家是伊豆汤岛的医生世家。母亲八重是家中的长女。父亲隼雄为井上家赘婿。

1908年（明治四十一年）　1岁
父亲井上隼雄出征前往韩国，井上靖同母亲搬至伊豆汤岛。

1909年（明治四十二年）　2岁
因父亲调动工作，迁居至静冈市。

1910年（明治四十三年）　3岁
9月，妹妹出生，和母亲一起搬至汤岛。

1912年（明治四十五年） 5岁
父母离开汤岛,将井上靖交由其户籍上的祖母加乃抚养。加乃是已故的祖父井上洁的小妾,此时已入籍井上家,在法律上是井上靖的祖母,平时独居于仓库中。井上靖与加乃的感情十分深厚。

1914年（大正三年） 7岁
4月,入读汤岛寻常高等小学。

1915年（大正四年） 8岁
9月,曾祖母阿弘去世。

1920年（大正九年） 13岁
1月,祖母加乃去世。2月,来到父亲的任地浜松,和父母一起生活。转学至浜松寻常高等小学。4月,入读浜松师范附属小学高等科。

1921年（大正十年） 14岁
4月,以第一名的成绩考入静冈县立浜松中学,担任班长。同年,父亲前往中国东北工作。

1922年（大正十一年） 15岁
3月,因为父亲被内定为台湾卫成医院院长,因此寄居于三岛町的姨妈家中。4月,转学至静冈县立沼津中学。

1924年（大正十三年） 17岁
4月,因家人全都去了台湾的父亲身边,所以被托付给三岛的亲戚照顾。夏天,旅行去台北看望父母亲。此时,受老师和友人的影响,开始对诗歌、小说等产生兴趣。

1925年(大正十四年)　18岁
学校发生了学生闹事事件,被认为是带头闹事者之一,被强制搬入了附近的农家,处于老师的监视之下。

1926年(大正十五年·昭和元年)　19岁
2月,在沼津中学《学友会会报》上发表短歌《湿衣》九首。3月,从沼津中学毕业。前往台北的家人身边,但因父亲调任,又搬家至金泽,为高中入学考试做准备。

1927年(昭和二年)　20岁
4月,入读金泽第四高中理科甲类。加入柔道部。同年,征兵检查甲种合格。

1928年(昭和三年)　21岁
5月,应召加入静冈第三四联队,但因为在柔道活动中肋骨骨折,退伍回家。7月,参加在京都举行的柔道高中校际比赛,进入半决赛。8月,拜访住在京都的远亲足立文太郎,初见其长女足立文。从这一时期开始创作诗歌。

1929年(昭和四年)　22岁
2月,在诗歌杂志《日本海诗人》上发表《冬天来临之日》。此后,到1930年年底为止,一直在该杂志上发表诗歌。4月,担任柔道部的队长,但不久便退出了柔道部。5月,加入由福田正夫主办的诗歌杂志《焰》,到1933年5月左右为止,一直在该杂志上发表诗歌。同时还活跃于《高冈新报》《宣言》(内野健儿主办的无产阶级诗歌杂志)、《北冠》等刊物上。

1930年（昭和五年） 23岁
3月,从四高毕业。4月,入读九州帝国大学法文学部英文科,搬至福冈,但是不久就对大学生活失去了兴趣,前往东京,醉心于文学。从9月开始,放弃使用笔名井上泰,改为自己的本名。10月,从九州帝国大学退学。12月,在弘前,与白户郁之助等人一起创刊同人杂志《文学abc》。

1931年（昭和六年） 24岁
3月,父亲在军医监(少将)的职位上退休,在金泽住了一段时间之后,退隐于伊豆汤岛。

1932年（昭和七年） 25岁
1月,杂志《新青年》上征集平林初之辅的未完遗作——侦探小说《谜一般的女人》的续集,以冬木荒之介的笔名参加征集并入选。此后,不断参加《侦探趣味》《SUNDAY每日》等主办的有奖小说征集活动并入选。2月,应召入伍,半个月后退伍。4月,入读京都帝国大学文学部哲学科,但是基本不去听课。从同年夏天开始,诗风发生改变,从分行诗转向散文诗。

1933年（昭和八年） 26岁
9月,以泽木信乃为笔名,小说《三原山晴夫》参加《SUNDAY每日》的"大众文艺"征集活动,被选为优秀作品。11月,《三原山晴夫》被大阪的剧团"享乐列车"改编成剧目并上演。

1934年（昭和九年） 27岁
3月，以泽木信乃为笔名，参与《SUNDAY每日》的"大众文艺"征集活动，小说《初恋物语》当选。4月，以大学在读的身份加入新成立的电影社脚本部，往返于京都和东京之间。

1935年（昭和十年） 28岁
6月，在《新剧坛》创刊号上发表首部戏曲创作《明治之月》。8月，与友人创刊诗歌杂志《圣餐》。10月，以本名参加《SUNDAY每日》的"大众文艺"征集活动，侦探小说《红庄的恶魔们》当选。《明治之月》在新桥舞剧场上演。11月，与足立文结婚。

1936年（昭和十一年） 29岁
3月，从京都帝国大学哲学科毕业。7月，参加《SUNDAY每日》的"长篇大众文艺"征集活动，《流转》当选为历史小说第一名，并获第一届千叶龟雄奖。以此获奖为契机，8月就职于每日新闻大阪总部。在《SUNDAY每日》编辑部工作。10月，长女几世出生。

1937年（昭和十二年） 30岁
6月，成为学艺部直属职员。9月，应召为中日战争候补人员。《流转》被松竹公司拍成电影。被编入名古屋第三师团派往中国北部，11月，患上脚气病，被送进野战预备医院。

1938年（昭和十三年） 31岁
3月，因病提前退伍。4月，回到每日新闻大阪总部学艺部工作。负责宗教栏目。10月，次女加代出生，但不久就夭折了。

1939年（昭和十四年） 32岁
除宗教栏目外，开始同时负责美术栏目。专注于对佛典、佛教美术等相关内容的取材。

1940年（昭和十五年） 33岁
与安西东卫、竹中郁、小野十三郎、伊东静雄、杉山平一等诗人交往。9月，因职务调整，转至文化部工作。12月，长子修一出生。

1942年（昭和十七年）35岁
在出版社工作的同时，还在京都帝国大学研究生院进行研究活动。

1943年（昭和十八年） 36岁
1月，《大阪每日新闻》与《东京日日新闻》合并，成立《每日新闻》。4月，与浦上五六合著的《现代先觉者传》发行，所用笔名为浦井靖六。10月，次子卓也出生。

1945年（昭和二十年） 38岁
1月，成为每日新闻社参事。因为学艺栏被裁掉，4月，调动到社会部工作。岳父足立文太郎去世。5月，三女佳子出生。6月，家人被疏散到鸟取县。每天从大阪茨木出发去上班。8月15日，撰写终战文章《听完玉音广播之后》。12月，将家人托付给妻子娘家足立家照顾。

1946年（昭和二十一年） 39岁
1月，就任大阪总社文化部副部长。再次开始诗歌创作。

1947年（昭和二十二年） 40岁
以井上承也为笔名,参加《人间》第一届新人小说征集活动,9月,小说《斗牛》在当选作品空缺的情况下,入选优秀作品。4月,兼任大阪总社评论员。8月,家人迁居至汤岛。

1948年（昭和二十三年） 41岁
1月,完成小说《猎枪》的创作,参加了《人间》第二届新人小说征集活动,但没有入选。2月,协助竹中郁等人创刊诗歌童话杂志《麒麟》,负责挑选诗歌。4月,任东京总社出版局书籍部副部长,独自一人前往东京,暂居于葛饰区奥户新町妙法寺。

1949年（昭和二十四年） 42岁
10月、12月,接连在《文学界》上发表《猎枪》《斗牛》。

1950年（昭和二十五年） 43岁
2月,《斗牛》获第22届芥川文学奖。3月,就任东京总社出版局代理负责人,专注于创作。4月,在《新潮》上发表短篇小说《漆胡樽》。5月开始在《夕刊新大阪》上连载第一部报刊小说《那个人的名字无法说出》。7月,长篇小说《黯潮》开始在《文艺春秋》上连载。8月,《井上靖诗抄》发表于《日本未来派》。

1951年（昭和二十六年） 44岁
1月,开始在《新潮》上连载长篇小说《白牙》(至5月)。5月,从每日新闻社辞职,成为社友。专心从事文学创作。8月,开始在《SUNDAY每日》上连载《战国无赖》,在《文艺春秋》上发表《玉碗记》。10月,在《新潮》上发表《某伪作家的一生》。

1952年（昭和二十七年） 45岁
1月，开始在《妇人画报》上连载《青衣人》（至同年12月），7月，开始在《新潮》上连载《黑暗平原》。

1953年（昭和二十八年） 46岁
1月，开始在《ALL读物》上连载《罗汉柏物语》，5月，开始在《周刊朝日》上连载《昨天和明天之间》。7月，在《群像》上发表《异域之人》。10月，开始在《小说新潮》上连载《风林火山》。12月，在《别册文艺春秋》上发表《古德鲁先生的手套》。

1954年（昭和二十九年） 47岁
3月，开始在《朝日新闻》上连载《明日将至之人》，在《群像》上发表《信松尼记》，在《中央公论》上发表《僧行贺之泪》。

1955年（昭和三十年） 48岁
1月，在《文艺春秋》上发表《弃媪》。从昭和29年度下半期（第32届）开始担任芥川奖的选考委员。8月，开始在《别册文艺春秋》上连载《淀殿日记》（后改名为《淀君日记》），开始在《小说新潮》上连载《真田军记》。9月，开始在《每日新闻》上连载《涨潮》。10月，由新潮社出版新著长篇小说《黑蝶》。

1956年（昭和三十一年） 49岁
1月，开始在《新潮》上连载长篇小说《射程》，11月，开始在《朝日新闻》上连载《冰壁》。

1957年（昭和三十二年） 50岁
3月，开始在《中央公论》上连载《天平之甍》。10月，开始在《周刊读卖》上连载《海峡》。正在连载的《冰壁》引起了社会热议,成为畅销书。10月末,开始了首次中国之旅,为期近一个月时间。

1958年（昭和三十三年） 51岁
2月,凭借《天平之甍》获艺术选奖文部大臣奖。3月,在《中央公论》上发表《满月》。5月,在《世界》上发表《幽鬼》。7月,在《文艺春秋》上发表《楼兰》。10月,在《群像》上发表《平蜘蛛釜》。

1959年（昭和三十四年） 52岁
1月,开始在《群像》上连载《敦煌》。2月,凭借《冰壁》等作品获日本艺术院奖。5月,父亲井上隼雄去世。7月,在《声》上发表《洪水》。10月,开始在《文艺春秋》上连载《苍狼》,在《朝日新闻》上连载《漩涡》。

1960年（昭和三十五年） 53岁
1月,开始在《主妇之友》上连载《雪虫》。7月,受每日新闻社派遣前往罗马奥运会采风,周游欧美各国,11月末回国。《敦煌》《楼兰》获每日艺术大奖。

1961年（昭和三十六年） 54岁
1月,与大冈升平就《苍狼》产生论争。在《东京新闻》晚报等连载《悬崖》。6月末开始进行为期约半个月的访华。10月开始在《周刊朝日》上连载《忧愁平野》。12月,《淀君日记》获野间文艺奖。

1962年（昭和三十七年） 55岁
7月,开始在《每日新闻》上连载《城砦》。

1963年（昭和三十八年） 56岁
2月，开始在《妇人公论》上连载《杨贵妃传》，在《ALL读物》上发表《明妃曲》。4月，为创作《风涛》，前往韩国进行为期约一周的采风。6月，在《文艺》上发表《宦者中行说》。8月，开始在《群像》上连载《风涛》。9月末开始，进行为期约一个月的访华。

1964年（昭和三十九年） 57岁
1月，成为日本艺术院会员。2月，《风涛》获读卖文学奖。5月，为创作《海神》，前往美国进行为期约两个月的旅行采风。9月，开始在《产经新闻》上连载《夏草冬涛》。10月，开始在《展望》上连载《后白河院》。

1965年（昭和四十年） 58岁
5月，在苏联境内的中亚地区进行了为期约一个月的旅行。11月，开始在《朝日新闻》上连载《化石》。

1966年（昭和四十一年） 59岁
1月，分别开始在《文艺春秋》上连载《俄罗斯国醉梦谭》，在《世界》上连载《海神（第一部）》，在《太阳》上连载《西域之旅》。

1967年（昭和四十二年） 60岁
6月，开始在《每日新闻》晚报上连载《夜之声》。夏，受夏威夷大学邀请担任夏季研究班讲师，前往夏威夷旅行。诗集《运河》刊行。

1968年（昭和四十三年） 61岁
1月，开始在《SUNDAY每日》上连载《额田女王》。5月，前往苏联进行为期约一个半月的旅行,为《俄罗斯国醉梦谭》采风。10月,《西域物语》开始在《朝日新闻》周日版连载。12月,《北之海》开始在《东京新闻》等刊物连载。

1969年（昭和四十四年） 62岁
1月,分别开始在《世界》上连载《海神(第二部)》,在《太阳》上连载《西域纪行》。4月,就任日本文艺家协会理事长。《俄罗斯国醉梦谭》获新潮日本文学大奖。7月,在《海》上发表《圣者》。8月,在《群像》上发表《月之光》。

1970年（昭和四十五年） 63岁
1月,开始在《日本经济新闻》上连载《榉木》。9月,开始在《读卖新闻》上连载《方形船》。

1971年（昭和四十六年） 64岁
1月,开始在《文艺春秋》上连载美术游记《与美丽邂逅》。3月,前往美国进行约两周的旅行,为《海神》采风。5月,开始在《朝日新闻》上连载《星与祭》。诗集《季节》刊行。

1972年（昭和四十七年） 65岁
9月,开始在《每日新闻》晚报上连载《年幼时光》。由每日新闻社主办的"井上靖文学展"举行。10月,开始在《世界》上连载《海神(第三部)》。新潮社版《井上靖小说全集》(共32卷)开始出版发行。

1973年（昭和四十八年） 66岁
5月,前往阿富汗、伊朗等地进行为期约一个月的旅行。11月,母亲八重去世。沼津骏河平开设井上文学馆。

1974年（昭和四十九年） 67岁
1月,开始在《文艺春秋》上连载游记《亚历山大之道》。开始在《每日新闻》周日版上连载随笔《一期一会》。9月末开始为期约两周的访华。

1975年（昭和五十年） 68岁
5月,作为访华作家代表团团长,在中国进行了为期约20天的旅行。

1976年（昭和五十一年） 69岁
2月,前往欧洲进行为期约一周的旅行。6月,前往韩国进行为期约10天的旅行。11月,获文化勋章。进行为期约两周的访华。诗集《远征路》刊行。

1977年（昭和五十二年） 70岁
3月,用约10天的时间历访埃及、伊拉克等地。8月,进行为期约20天的访华,前往新疆维吾尔自治区。11月,开始在《每日新闻》上连载《流沙》。

1978年（昭和五十三年） 71岁
1月,开始在《文艺春秋》上连载《我的西域纪行》。5月至6月间访华,首次到访敦煌。

1979年（昭和五十四年） 72岁
3月,每日新闻社主办的"敦煌——壁画艺术与井上靖的诗情展"在大丸东京店等地举行。从夏到秋,跟随电影《天平之甍》摄影组、NHK丝绸之路采访组等多次前往中国、西域等地旅行。

1980年（昭和五十五年） 73岁
3月，和平山郁夫一起参观印度尼西亚婆罗浮屠遗址。4月末开始，和NHK丝绸之路采访组一起行走于西域各地。6月，任日中文化交流协会会长。8月，访华。10月，和NHK丝绸之路采访组一起获菊池宽奖。获佛教传道文化奖。

1981年（昭和五十六年） 74岁
1月，开始在《群像》上连载《本觉坊遗文》。4月，开始在《太阳》上连载随笔《站在河岸边》。5月，任日本笔会会长。9月末，在夫人的陪伴下前往中国旅行，为创作《孔子》采风。10月，就任日本近代文学馆名誉馆长。获放送文化奖。

1982年（昭和五十七年） 75岁
5月，《本觉坊遗文》获新潮日本文学大奖。同月末、11月末、12月末到次年初，三次前往中国旅行。出席巴黎日法文化会议。

1983年（昭和五十八年） 76岁
6月（两次）和12月访华。

1984年（昭和五十九年） 77岁
1月至5月，由每日新闻社主办的展览"与美丽邂逅 井上靖 无法忘却的艺术家们"在横滨高岛屋等地举行。5月，作为运营委员长主持国际笔会东京大会。11月，访华。

1985年（昭和六十年） 78岁
1月,获朝日奖。6月,在夫人的陪伴下,和《俄罗斯国醉梦谭》摄影组一起访问苏联。10月,访华。

1986年（昭和六十一年） 79岁
4月,访华,被授予北京大学名誉博士称号。9月,因食道癌在国立癌症中心住院,接受手术治疗。

1987年（昭和六十二年） 80岁
5月,在夫人的陪伴下前往法国,并游历欧洲各地。6月,开始在《新潮》上连载最后的长篇小说《孔子》。10月,访华。

1988年（昭和六十三年） 81岁
5月,前往中国进行为期10天的旅行,访问孔子的家乡曲阜,为创作《孔子》采风。这是他第27次中国之行,也是最后一次。诗集《旁观者》刊行。

1989年（昭和六十四年·平成元年） 82岁
12月,《孔子》获野间文艺奖。

1991年（平成三年）
1月29日,在国立癌症中心去世。2月20日,在青山斋场举行葬礼,戒名:峰云院文华法德日靖居士。